TRANZLATY

La Langue est pour tout le Monde

زبان برای همه است

La Métamorphose

مسخ

Franz Kafka

فرانتس کافکا

Français

فارسی

www.tranzlaty.com

Gregor Samsa se réveilla un matin après des rêves agités.

گرگور سامسا یک روز صبح از خواب‌های آشفته‌ای بیدار شد.

Il se retrouva dans son lit, incapable de bouger.

خودش را در رختخوابش یافت، اما قادر به حرکت نبود.

Il avait été transformé en un monstre vermineux.

او به یک حشره موذی و وحشتناک تبدیل شده بود.

Il était allongé sur le dos, une carapace dure comme une armure.

او به پشت خوابیده بود، که مثل زره سخت بود.

En relevant légèrement la tête, il pouvait voir son ventre.

با کمی بالا آوردن سرش، توانست شکمش را ببیند.

Mais son ventre était bombé et divisé en segments.

اما شکمش گنبدی شکل و به بندهایی تقسیم شده بود.

La couverture reposait sur son ventre arrondi.

پتو روی شکم گرد شده‌اش افتاده بود.

Mais la couverture était sur le point de glisser complètement.

اما پتو نزدیک بود کاملاً سر بخورد.

Ses jambes étaient pitoyables comparées à leur taille habituelle.

پاهایش در مقایسه با اندازه معمولشان، رقت‌انگیز بودند.

Et ses nombreuses pattes s'agitaient impuissantes devant ses yeux.

و پاهای متعددش بی‌اختیار جلوی چشمانش سوسو می‌زدند.

« Que m'est-il arrivé ? » se demanda-t-il.

با خودش فکر کرد: «چه اتفاقی برای من افتاده؟»

Mais ce n'était pas un rêve dont il ne pouvait se réveiller.

اما این خوابی نبود که نتواند از آن بیدار شود.

Il se trouvait bel et bien dans sa propre chambre.

واقعاً اتاق خودش بود که خودش را در آن یافت.

Une vraie chambre pour des humains, mais un peu trop petite.

یک اتاق واقعی برای انسان‌ها، اما کمی بیش از حد کوچک.

Il gisait tranquillement entre les quatre murs bien connus.

او آرام بین چهار دیوار معروف دراز کشیده بود.

Sur la table se trouvait une collection d'échantillons de textiles.

روی میز مجموعه‌ای از نمونه‌های پارچه بود.

Samsa était un vendeur ambulant, d'où les échantillons.

سامسا یک فروشنده دوره گرد بود، از این رو نمونه ها را تهیه کرد.

Au-dessus des échantillons de textile désassemblés se trouvait une image.

بالای نمونه‌های پارچه‌اي جدا شده، تصویری قرار داشت.

Il avait récemment découpé la photo dans un magazine.

او اخیراً عکس را از یک مجله بریده بود.

Il avait placé le tableau dans un joli cadre doré.

او عکس را در یک قاب زیبا و طلاکاری شده قرار داده بود.

Le tableau encadré représentait une dame assise bien droite.

تصویر قاب‌شده، خانمی را نشان می‌داد که به صورت عمودی نشسته بود.

Elle portait un chapeau de fourrure et un manchon de fourrure.

او یک کلاه خز به سر داشت و یک دستکش پشمی هم به پا کرده بود.

Elle levait la main en direction du spectateur.

او دستش را به سمت بیننده‌ی عکس بالا برده بود.

Son avant-bras entier disparaissait dans son épais manchon de fourrure.

تمام ساعدش در دستکش پشمی ضخیمش ناپدید شد.

Gregor regarda par la fenêtre le temps maussade.

گرگور از پنجره به هوای گرفته نگاه کرد.

On pouvait entendre les grosses gouttes de pluie frapper la fenêtre.

صدای برخورد قطرات درشت باران به پنجره به گوش می‌رسید.

Le temps gris le rendait très mélancolique.

هوای خاکستری باعث شد احساس مالیخولیایی شدیدی کند.

« Et si je dormais un peu plus longtemps ? » pensa-t-il.

با خودش فکر کرد: «چطور است کمی بیشتر بخوابم؟»

« Dormir davantage m'aiderait peut-être à oublier ces bêtises. »

«خواب بیشتر شاید کمکم کند این مزخرفات را فراموش کنم».

Mais dormir plus longtemps était totalement impossible.

اما خوابیدن دیگر کاملاً غیرممکن بود.

Parce qu'il avait l'habitude de dormir sur le côté droit.

چون عادت داشت به پهلوی راست بخوابد.

Mais son état actuel l'empêchait d'effectuer ses mouvements habituels.

اما وضعیت فعلی او مانع از حرکات معمولش می‌شد.

Il n'avait aucun moyen de se retrouver dans cette situation.

او هیچ راهی برای قرار دادن خودش در این موقعیت نداشت.

Il fit de son mieux pour se jeter sur son côté droit.

او تمام تلاشش را کرد تا خودش را به پهلوی راستش بیندازد.

Il a probablement tenté ce mouvement une centaine de fois.

او احتمالاً صد بار این حرکت را امتحان کرد.

Mais il revenait toujours en position couchée sur le dos.

اما او همیشه به حالت خوابیده به پشت، تکان می‌خورد.

Il ferma les yeux pour ne pas voir ses jambes qui s'agitaient.

چشمانش را بست تا پاهای لرزانش را نبیند.

Finalement, la douleur l'a empêché de réessayer.

در نهایت دردش مانع از تلاش دوباره‌اش شد.

Une douleur sourde au flanc qu'il n'avait jamais ressentie auparavant.

درد مبهمی در پهلویش پیچید که قبلاً هرگز آن را حس نکرده بود.

« Oh mon Dieu », pensa désespérément Gregor Samsa.

گرگور سامسا با ناامیدی با خودش فکر کرد: «خدای من»!

« Quel métier pénible j'ai choisi ! »

»چه حرفه‌ی طاقت‌فرسایی برای خودم انتخاب کرده‌ام«!

« Je dois voyager tous les jours pour le travail. »

»من هر روز مجبورم برای کارم این‌طرف و آن‌طرف بروم«.

« Le travail de bureau est beaucoup plus facile que le travail sur la route. »

»کار اداری خیلی راحت‌تر از کار در جاده است«.

« Et j'ai la malédiction de devoir voyager constamment. »

»و من نفرینِ این را دارم که مجبور باشم مدام سفر کنم«.

« Toutes ces inquiétudes liées au fait d'être à l'heure pour les trains. »

»تمام نگرانی‌ها در مورد به موقع رسیدن به قطارها«.

« Mes horaires de repas sont irréguliers et la nourriture est mauvaise. »

»زمان وعده‌های غذایی من نامنظم است و غذا بد است«.

« Mes amis changent constamment de ville. »

»دوستان من همیشه از شهری به شهر دیگر می‌روند«.

« Mes interactions sont froides et professionnelles. »

»تعاملاتی که من دارم سرد و حرفه‌ای هستند«.

«Que le diable s'amuse avec ce genre de travail !»

بگذار شیطان با این کارها خودش را سرگرم کند!

Il ressentit une légère démangeaison en haut de l'estomac.

او خارش خفیفی را در بالای شکمش احساس کرد.

Il s'appuya contre le montant du lit, le dos contre le sol.

با کمرش خودش را به میله‌ی تخت هل داد.

Il voulait pouvoir mieux lever la tête.

دلش می‌خواست بتواند سرش را بهتر بلند کند.

Il a trouvé l'endroit qui le démangeait.

او نقطه خارش‌داری را که آزارش می‌داد، پیدا کرد.

Sa tête semblait recouverte de petits points blancs.

انگار سرش پر از نقطه‌های سفید کوچک بود.

Il ne pouvait pas dire ce que représentaient ces petits points blancs.

او نمی‌توانست بگوید این نقطه‌های سفید کوچک چه بودند.

Il avait prévu de toucher l'endroit avec une de ses jambes.

او قصد داشت با یکی از پاهایش آن نقطه را لمس کند.

Mais lorsqu'il toucha l'endroit, il ressentit un étrange frisson.

اما وقتی آن نقطه را لمس کرد، لرز عجیبی را احساس کرد.

Il a donc immédiatement retiré sa jambe.

بنابراین فوراً پایش را از آن نقطه دور کرد.

Il n'avait d'autre choix que d'accepter cette sensation de démangeaison.

چاره‌ای جز پذیرش احساس خارش نداشت.

Et il reprit sa position initiale dans le lit.

و به جایگاه قبلی خود در رختخواب بازگشت.

«Se réveiller si tôt rend vraiment stupide.»

«بیدار شدن تا این حد زود واقعاً آدم را احمق می‌کند».

« Un homme doit dormir suffisamment », pensa-t-il.

با خودش فکر کرد: «آدم باید خواب کافی داشته باشد».

« Les autres représentants de commerce mènent une vie de luxe. »

«بقیه فروشندگان سیار زندگی لوکسی دارند».

« Le matin, je transfère les ordres que j'ai reçus. »

«صبح‌ها دستورهایی که دریافت کرده‌ام را منتقل می‌کنم».

« Pendant ce temps, ces messieurs prennent encore leur petit-déjeuner. »

«در همین حال، آن آقایان هنوز دارند صبحانه می‌خورند».

« Imaginez un peu si j'essayais de faire ça avec mon patron. »

«فقط تصور کن اگه من سعی می‌کردم همین کار رو با رئیسم بکنم».

«Il me licenciait avant même que j'aie fini mon petit-déjeuner.»

«قبل از اینکه صبحانه‌ام را تمام کنم، مرا اخراج می‌کرد».

« Mais ce ne serait peut-être pas le pire non plus. »

«اما شاید این هم بدترین چیز نباشد».

«Le problème, c'est que mes parents me freinent.»

«مشکل این است که پدر و مادرم مانع پیشرفت من می‌شوند».

« Sans eux, j'aurais déjà démissionné. »

اگر آنها نبودند، من تا حالا استعفا داده بودم».

« J'aurais tenu tête au patron et je lui aurais dit. »

«من جلوی رئیس می‌ایستادم و به او می‌گفتم».

« Je dirais exactement ce que je pense de lui et de son travail. »

«من دقیقاً نظرم را در مورد او و شغلش می‌گویم».

« Il tomberait de son bureau si je lui racontais tout ! »

«اگر همه چیز را به او بگویم، از روی میزش می‌افتد»!

« Sa façon de s'asseoir à son bureau est très étrange. »

«طرز نشستن او روی میزش خیلی عجیب است».

« Sa façon de parler à ses subordonnés n'est pas correcte. »

طرز صحبت او با زیردستان درست نیست».

« Et le pire, c'est que son ouïe est très mauvaise. »

«و بدترین قسمت ماجرا این است که شنوایی او خیلی ضعیف است».

«Vous n'avez donc pas d'autre choix que de vous asseoir très près de lui.»

«پس چاره‌ای نداری جز اینکه خیلی نزدیکش بنشینی».

« Cela dit, l'espoir n'est pas encore totalement perdu. »

اما با وجود همه این‌ها، هنوز امید کاملاً از بین نرفته است».

« Je vais économiser cet argent pour rembourser les dettes de mes parents. »

«من پول را پس‌انداز می‌کنم تا بدهی پدر و مادرم را پرداخت کنم».

« Je ne peux rien faire tant qu'ils lui doivent de l'argent. »

«تا وقتی که هنوز به او بدهکارند، نمی‌توانم کاری بکنم».

« Mais une fois la dette remboursée, je le ferai sans aucun doute. »

اما وقتی بدهی پرداخت شود، قطعاً این کار را خواهم کرد.

« Cela prendra probablement encore cinq à six ans. »

احتمالاً پنج تا شش سال دیگر طول خواهد کشید».

« Oui, alors la grande séparation aura certainement lieu. »

بله، پس جدایی بزرگ قطعاً انجام خواهد شد.

« Pour le moment, je dois me lever. »

«اما فعلاً باید از رختخواب بیرون بیایم».

« Parce que mon train part à cinq heures. »

«چون قطار من ساعت پنج حرکت می‌کند».

Gregor regarda le réveil qui tic-tac sur la table.

گرگور به ساعت زنگ‌دار روی میز نگاه کرد که تیک‌تاک می‌کرد.

« Père céleste ! » pensa-t-il en regardant l'heure.

با دیدن زمان با خود فکر کرد: «پدر آسمانی»!

Six heures et demie étaient déjà passées sans qu'on s'en aperçoive.

ساعت شش و نیم دیگر آرام آرام گذشته بود و رفته بود.

Et les aiguilles de l'horloge continuaient d'avancer d'elles-mêmes.

و عقربه‌های ساعت همچنان به جلو حرکت می‌کردند.

Et il était presque sept heures quarante-cinq.

و حالا ساعت داشت به یک ربع به هفت نزدیک می‌شد.

« Peut-être que le réveil n'a pas sonné ? » pensa-t-il.

با خودش فکر کرد: «شاید زنگ ساعت برای بیدار کردنم به صدا درنیامده بود؟»

Depuis son lit, Gregor inspecta le réveil.

گرگور از روی تختش ساعت شماطه‌دار را بررسی کرد.

Le réveil était correctement réglé sur quatre heures.

ساعت زنگ دار به درستی برای ساعت چهار تنظیم شده بود.

Il ne pouvait pas l'expliquer, mais l'alarme avait dû sonner.

او نمی‌توانست توضیح دهد، اما حتماً زنگ خطر به صدا درآمده بود.

« Comment ai-je pu dormir sans m'en rendre compte après avoir entendu le réveil ? »

چطور با وجود صدای زنگ ساعت خوابیدم، بدون اینکه بفهمم؟»

Quand elle sonne, l'alarme fait même trembler les meubles.

وقتی زنگ می‌زند، حتی مبلمان را هم می‌لرزاند.

Il savait que son sommeil n'avait pas été du tout paisible.

می‌دانست که خوابش اصلاً آرام نبوده است.

Mais c'est peut-être pour cela que son sommeil était beaucoup plus profond.

اما شاید به همین دلیل بود که خوابش بسیار عمیق‌تر بود.

Il devait réfléchir à ce qu'il devait faire maintenant.

باید فکر می‌کرد که حالا باید چه کار کند.

Le train suivant ne partait qu'à sept heures.

قطار بعدی تا ساعت هفت حرکت نکرد.

Prendre ce train serait quasiment impossible.

رسیدن به آن قطار تقریباً غیرممکن خواهد بود.

Et il n'avait pas encore emporté les textiles dont il avait besoin.

و او هنوز پارچه‌های مورد نیازش را بسته‌بندی نکرده بود.

Il ne se sentait pas particulièrement frais et agile non plus.

او هم احساس تازگی و چابکی خاصی نمی‌کرد.

Il y avait peut-être une chance de monter dans le train.

شاید فرصتی برای سوار شدن به قطار وجود داشت.

Mais une réprimande du patron était inévitable de toute façon.

اما در هر صورت، سرزنش رئیس اجتناب‌ناپذیر بود.

Le commis aurait pris le train de cinq heures.

کارمند می‌توانست سوار قطار ساعت پنج شود.

Le commis de bureau était une créature sans envergure, à la solde du patron.

کارمند دفتر، موجودی بی‌جرأت و وابسته به رئیس بود.

L'absence de Gregor aurait donc déjà été signalée.

بنابراین غیبت گرگور قبلاً گزارش شده بود.

« Et si je me faisais porter malade ? » se demandait Gregor.

گرگور داشت فکر می‌کرد: «اگر مریض شوم چه می‌شود؟»

Mais ce serait extrêmement embarrassant et suspect.

اما این بسیار شرم‌آور و مشکوک خواهد بود.

Gregor n'avait jamais été malade pendant la période où il avait travaillé là-bas.

گرگور در مدتی که آنجا کار می‌کرد، هرگز بیمار نشده بود.

Et il leur avait déjà consacré cinq années de service.

و او قبلاً پنج سال خدمت به آنها داده بود.

Il y avait de fortes chances que le patron vienne prendre de ses nouvelles.

احتمال داشت رئیس برای بررسی او بیاید.

Il amènerait probablement le médecin de l'assurance maladie.

احتمالاً پزشک بیمه سلامت را هم می‌آورد.

Et il blâmait les parents pour la paresse de leur fils.

و او والدین را به خاطر تنبلی پسرشان سرزنش می‌کرد.

Ils ne pourraient formuler aucune objection à son égard.

آنها نمی‌توانستند هیچ اعتراضی به او بکنند.

Car pour lui, il n'y avait que deux sortes de travailleurs.

زیرا برای او فقط دو نوع کارگر وجود داشت.

Soit les ouvriers étaient en parfaite santé, soit ils rechignaient à travailler.

یا کارگران کاملاً سالم بودند، یا از کار گریزان بودند.

Et aurait-il même tort dans cette analyse de base ?

و آیا او اصلاً در آن تحلیل اولیه اشتباه می‌کند؟

Assurément, dans ce cas précis, son argument était solide.

البته در این مورد، او استدلال محکمی داشت.

Malgré son apparence, Gregor se sentait en réalité plutôt bien.

گرگور، برخلاف ظاهرش، واقعاً حالش خوب بود.

Ce long sommeil inutile l'avait rendu un peu somnolent.

خواب طولانی و غیرضروری او را کمی خواب‌آلود کرد.

Mais à part ça, il ne pouvait pas se plaindre de maladie.

اما گذشته از این، او نمی‌توانست از بیماری شکایت کند.

Il ressentait même une faim particulièrement forte et saine.

او حتی گرسنگی شدید و سالمی را احساس می‌کرد.

Tandis qu'il nourrissait ces pensées, l'horloge sonna de nouveau.

در حالی که او در این افکار بود، ساعت دوباره زنگ زد.

Selon l'alarme, il était alors sept heures moins le quart.

طبق آژیر، ساعت حالا یک ربع به هفت بود.

Et maintenant, on frappa doucement à la porte.

و حالا صدای ضربه آرامی به در هم آمد.

« Gregor », l'appela quelqu'un – c'était sa mère.

کسی او را صدا زد: «گرگور» - او مادر بود.

« Il est sept heures moins le quart », a-t-elle confirmé en entendant l'alarme.

او صدای زنگ را تأیید کرد و گفت: «ساعت هفت و ربع است».

« Tu ne voulais pas partir ? » demanda la douce voix.

صدای ملایمی پرسید: «مگر نمی‌خواستی بروی؟»

Gregor eut peur en entendant sa voix répondre.

گرگور وقتی صدای او را که جواب می‌داد شنید، ترسید.

Sa voix était toujours la même.

صدا هنوز همان صدایی بود که همیشه داشت.

Mais une nouvelle sonorité s'était désormais mêlée à sa voix.

اما حالا صدای جدیدی در صدایش آمیخته شده بود.

Un couinement douloureux s'échappa également du plus profond de lui.

از اعماق وجودش، صدای جیرجیر دردناکی نیز بیرون آمد.

Au début, sa voix semblait former des mots avec clarté.

در ابتدا به نظر می‌رسید که صدایش کلمات را با وضوح تشکیل می‌دهد.

Mais alors, Gregor entendit l'écho mental de sa voix.

اما ناگهان گرگور پژواک ذهنی صدایش را شنید.

L'enregistrement de sa voix s'est interrompu de façon étrange.

ضبط صدایش به طرز عجیبی خراب شد.

Et il n'était pas sûr d'avoir bien entendu.

و او مطمئن نبود که آیا درست شنیده است یا نه.

Gregor éprouvait un profond désir de donner une réponse détaillée.

گرگور عمیقاً دلش می‌خواست جواب مفصلی بدهد.

Il voulait tout expliquer clairement à sa mère.

دلش می‌خواست همه چیز را برای مادرش تعریف کند.

Mais, compte tenu des circonstances, il devait se limiter.

اما با توجه به شرایط، او مجبور بود خودش را محدود کند.

Et sa réponse fut beaucoup plus brève qu'il ne l'aurait souhaité.

و او خیلی کوتاه‌تر از آنچه دوست داشت پاسخ داد.

"Oui maman, ne t'inquiète pas, merci, je suis déjà levée."

»بله مادر، نگران نباش، ممنون، من الان بیدارم«.

La porte en bois a probablement contribué à étouffer sa voix.

احتمالاً در چوبی به خفه کردن صدایش کمک کرده بود.

À l'extérieur, le changement dans la voix de Gregor est resté inaperçu.

بیرون، تغییر صدای گرگور مورد توجه قرار نگرفت.

La mère semblait satisfaite de son explication.

به نظر می‌رسید مادر از توضیحات او راضی شده است.

Et elle repartit aussi discrètement qu'elle était venue.

و او دوباره به همان آرامی که آمده بود، رفت.

Mais cette petite conversation a eu un effet indésirable.

اما این مکالمه کوتاه تأثیر نامطلوبی داشت.

Il a attiré l'attention des autres membres de la famille.

توجه دیگر اعضای خانواده را به خود جلب کرد.

Gregor était toujours chez lui et n'était pas allé travailler.

گرگور هنوز در خانه بود و سر کار نرفته بود.

Et maintenant, le père frappa lui aussi à la porte de côté.

و حالا پدر در کناری را هم زد.

Il frappa faiblement, mais avec détermination, du poing.

او با مشتش ضربه‌ای ضعیف، اما مصمم زد.

« Gregor, Gregor », appela-t-il, « quel est le problème ? »

«گرگور، گرگور،» صدا زد، «مشکل چیه؟»

Au bout d'un moment, il avertit de nouveau d'une voix plus grave.

کمی بعد، دوباره با صدای بم‌تری هشدار داد.

Mais la sœur frappa alors à la porte de l'autre côté.

اما حالا خواهر در آن طرف را زد.

« Gregor ? Tu ne te sens pas bien ? » demanda-t-elle doucement.

«گرگور؟ حالت خوب نیست؟» او آرام پرسید.

« Avez-vous besoin de quelque chose ? » demanda-t-elle, inquiète.

با نگرانی پرسید: «چیزی لازم داری؟»

Gregor a répondu aux deux parties : « J'ai déjà terminé. »

گرگور به هر دو طرف پاسخ داد: «من دیگر کارم تمام است».

Il avait fait de son mieux pour prononcer tous les mots avec soin.

او تمام تلاشش را کرده بود که تمام کلمات را با دقت تلفظ کند.

Et il a gommé tout ce qui était ostentatoire dans sa voix.

و هر چیزِ به چشم آمده در صدایش را پاک کرد.

Le père semblait également satisfait de la réponse.

پدر هم از جواب راضی به نظر می‌رسید.

Et il retourna à son petit-déjeuner inachevé.

و دوباره به صبحانه ناتمامش برگشت.

Mais la sœur murmura : « Gregor, ouvre la bouche, je t'en supplie. »

اما خواهر زمزمه کرد: «گرگور، التماست می‌کنم، باز کن».

Mais son inquiétude à son égard ne parvenait en rien à l'émouvoir.

اما نگرانی او برای او به هیچ وجه نمی‌توانست او را تحت تأثیر قرار دهد.

Gregor n'avait aucune intention de lui ouvrir la porte.

گرگور اصلاً قصد نداشت در را برایش باز کند.

Ses voyages lui avaient permis d'acquérir certaines habitudes de prudence.

او از سفر کردن عادت‌های محتاطانه‌ای پیدا کرده بود.

Et il se félicita d'avoir verrouillé les portes.

و خودش را به خاطر قفل کردن درها تحسین کرد.

Il voulait d'abord se lever tranquillement, à son propre rythme.

اول می‌خواست بی‌سروصدا و در زمان خودش از خواب بیدار شود.

Et, sans être dérangé, il voulut s'habiller.

و بدون اینکه کسی مزاحمش شود، می‌خواست لباس بپوشد.

Cela étant fait, il voulut ensuite prendre son petit-déjeuner.

با انجام این کار، او سپس می‌خواست صبحانه بخورد.

Ce n'est qu'alors qu'il a souhaité examiner la situation plus en détail.

تنها در آن صورت بود که می‌خواست موقعیت را بیشتر بررسی کند.

Il savait qu'il était inutile de faire des projets au lit.

او می‌دانست که نقشه کشیدن در رختخواب فایده‌ای ندارد.

Il serait impossible de parvenir à une conclusion sensée.

رسیدن به یک نتیجه معقول غیرممکن خواهد بود.

Il lui était déjà arrivé de se réveiller avec de légères douleurs.

مواقع دیگری هم بود که با دردهای خفیف از خواب بیدار می‌شد.

Ces douleurs se sont toujours révélées être de pures inventions de l'imagination.

این دردها همیشه تبدیل به تخیل محض می‌شدند.

En me levant du lit, la douleur disparaissait invariablement.

هنگام بلند شدن از رختخواب، درد به طور مداوم از بین می‌رفت.

Il était curieux de voir ce qu'il adviendrait de ces idées.

او کنجکاو بود ببیند چه اتفاقی برای این ایده‌ها می‌افتد.

Le changement de sa voix était probablement dû à un rhume.

تغییر صدایش احتمالاً فقط به خاطر سرماخوردگی بود.

Le rhume est un risque professionnel courant pour les voyageurs.

سرماخوردگی فقط یک خطر شغلی برای مسافران است.

Il ne doutait pas que c'était l'explication logique.

او شکی نداشت که این توضیح منطقی است.

Il s'est facilement dégagé de la couverture.

کنار زدن پتو از روی خودش به راحتی ممکن شد.

Il lui suffisait d'inspirer et de se gonfler.

تنها کاری که باید می‌کرد این بود که نفس بکشد و خودش را باد کند.

La couverture glissa de son corps et tomba sur le sol.

پتو از روی بدنش سر خورد و روی زمین افتاد.

Son corps incroyablement large rendait d'autres choses difficiles.

بدن فوق‌العاده پهن او انجام کارهای دیگر را دشوار می‌کرد.

Il aurait eu besoin de bras et de mains pour se tenir debout.

او برای ایستادن به دست و بازو نیاز داشت.

Mais il n'avait plus les membres qu'il avait autrefois.

اما او دیگر آن اندام‌های قبلی را نداشت.

Au lieu de bras et de mains, il avait plein de petites jambes.

به جای دست و بازو، تعداد زیادی پای کوچک داشت.

Et ses jambes bougeaient sans cesse, sans qu'il puisse les contrôler.

و پاهایش مدام، بدون اینکه خودش بخواهد، حرکت می‌کردند.

Il a essayé de plier une jambe, mais au lieu de cela, elle s'est étirée.

او سعی کرد یک پایش را خم کند، اما در عوض پایش کشیده شد.

Il parvint finalement à contrôler une jambe.

بالاخره موفق شد یک پایش را تحت کنترل خود درآورد.

Mais ensuite, le mouvement des autres pattes a été libéré.

اما بعد حرکت پاهای دیگر آزاد شد.

Et toutes ses jambes frémissaient d'excitation extrême.

و تمام پاهایش از شدت هیجان می‌لرزیدند.

Il a d'abord voulu sortir le bas de son corps du lit.

اول می‌خواست پایین‌تنه‌اش را از تخت بیرون بیاورد.

Mais il n'avait pas encore vu le bas de son corps.

اما او هنوز پایین تنه‌اش را ندیده بود.

Et de toute façon, déplacer cette pièce s'est avéré trop difficile.

و به هر حال جابجایی این قسمت خیلی دشوار بود.

Finalement, de toutes ses forces, il fit un geste audacieux.

بالاخره، با تمام قدرتش، یک حرکت وحشیانه انجام داد.

Sans plus hésiter, il s'avança.

بدون هیچ تردیدی خودش را به جلو حرکت داد.

Mais il avait choisi la mauvaise direction.

اما او مسیر اشتباهی را برای حرکت انتخاب کرده بود.

Il s'est violemment cogné le corps contre le montant inférieur du lit.

او با شدت بدنش را به میله پایینی تخت کوبید.

La douleur brûlante qu'il ressentait lui a appris une précieuse leçon.

درد سوزانی که احساس کرد، درس ارزشمندی به او داد.

La partie inférieure de son corps était peut-être plus sensible.

شاید قسمت پایین بدنش حساس‌تر بود.

Il a donc commencé par sortir le haut de son corps du lit.

بنابراین سعی کرد ابتدا بالاتنه اش را از رختخواب بیرون بیاورد.

Il tourna prudemment la tête dans la bonne direction.

با دقت سرش را به سمت درست چرخاند.

Et bientôt, sa tête se retrouva face au bord du lit.

و خیلی زود سرش رو به لبه تخت بود.

Ce mouvement prudent lui était en réalité facile.

این حرکت محتاطانه در واقع برای او آسان بود.

Et sa largeur et son poids ne l'empêchaient pas de se déplacer.

و عرض و سنگینی او مانع حرکتش نشد.

La masse de son corps suivit lentement le mouvement de sa tête.

جرم بدنش به آرامی با چرخش سر همراه می‌شد.

Mais ensuite, il a passé la tête au-dessus du bord du lit.

اما بعد سرش را از لبه تخت بیرون آورد.

Et il dut faire face à une nouvelle peur à laquelle il n'avait pas encore pensé.

و او با ترس جدیدی روبرو شد که هنوز به آن فکر نکرده بود.

Poursuivre dans cette voie pourrait s'avérer dangereux.

پیشروی بیشتر در این مسیر می‌تواند خطرناک باشد.

Il pensait qu'il allait simplement se laisser tomber.

او فکر کرده بود که همین الان خودش را رها خواهد کرد تا سقوط کند.

Mais ce serait un miracle s'il ne s'était pas blessé à la tête.

اما اگر سرش آسیب ندیده باشد، معجزه خواهد بود.

Ce n'était pas le moment de risquer de perdre connaissance.

الان وقت ریسک از دست دادن هوشیاری نبود.

Finalement, il vaudrait peut-être mieux rester au lit.

شاید بهتر باشد که در نهایت در رختخواب بمانیم.

Mais il devait ensuite faire le même effort pour revenir.

اما بعد مجبور شد همان تلاش را برای برگشتن انجام دهد.

Après tous ces efforts, il était allongé là, exactement comme avant.

بعد از آن همه تلاش، درست مثل قبل همانجا دراز کشیده بود.

Et maintenant, ses jambes semblaient encore plus en colère qu'elles ne l'avaient été.

و حالا پاهایش حتی عصبانی‌تر از قبل به نظر می‌رسیدند.

Les mouvements de sa jambe étaient devenus encore plus incontrôlables.

حرکات پایش حتی غیرقابل کنترل‌تر شده بود.

Il ne voyait aucun moyen de sortir de la situation dans laquelle il se trouvait.

او هیچ راهی برای رهایی از وضعیتی که در آن گرفتار شده بود، نمی‌دید.

Il était impossible de faire émerger la paix et l'ordre de ce chaos.

از دل این هرج و مرج، صلح و نظم حاصل نمی‌شد.

Mais il savait que rester au lit n'était pas une option non plus.

اما او می‌دانست که ماندن در رختخواب هم چاره‌ی دیگری نیست.

Tout sacrifier était l'option la plus sensée.

فدا کردن همه چیز معقول‌ترین گزینه بود.

Il s'accrochait au moindre espoir de pouvoir se lever.

او به کوچکترین امیدی برای بیرون آمدن از رختخواب چسبیده بود.

S'il y parvenait, tous les risques en auraient valu la peine.

اگر او از پس این کار بر می‌آمد، تمام ریسک‌ها ارزشش را داشت.

Mais il se souvenait aussi d'autre chose en même temps.

اما همزمان چیز دیگری را هم به یاد آورد.

« Mieux vaut réfléchir sereinement que de prendre des décisions désespérées. »

»بهتر از تصمیمات ناامیدانه، تأملات آرام است«.

Il concentra tous ses efforts sur la fenêtre.

با تمام تلاشش، چشمانش را به پنجره دوخت.

Mais ce qu'il vit ne lui insuffla guère de confiance ni de joie.

اما آنچه دید، اعتماد به نفس و دلگرمی کمی برایش به ارمغان آورد.

La brume matinale enveloppait toute la rue étroite.

مه صبحگاهی تمام کوچه باریک را پوشانده بود.

Le réveil sonna à nouveau ; il était maintenant sept heures.

ساعت دوباره زنگ زد؛ حالا ساعت هفت بود.

« Il est déjà sept heures et il y a encore un épais brouillard. »

»ساعت هفت است و هنوز مه غلیظی وجود دارد«.

Il resta un moment allongé, immobile, respirant faiblement.

مدتی بی‌صدا دراز کشید و فقط به سختی نفس می‌کشید.

Un peu de calme permettrait peut-être de retrouver une certaine normalité.

شاید کمی سکوت، اوضاع را به حالت عادی برگرداند.

Un silence complet pourrait engendrer les conditions réelles.

سکوت کامل می‌تواند شرایط واقعی را به وجود آورد.

Mais avant que l'horloge ne sonne à nouveau, il rompit le silence.

اما قبل از اینکه ساعت دوباره زنگ بزند، او سکوت را شکست.

«Avant que l'horloge ne sonne à nouveau, je dois être levé.»

»قبل از اینکه ساعت دوباره زنگ بزند، باید از رختخواب بیرون آمده باشم«.

« Je dois absolument être complètement levé à ce moment-là. »

»من قطعاً باید تا آن موقع کاملاً از رختخواب بیرون آمده باشم«.

« Après 19h15, le bureau enverra quelqu'un. »

»بعد از ساعت هفت و ربع، اداره یک نفر را خواهد فرستاد«.

"Parce que le bureau ouvrait avant sept heures."

«چون اداره قبل از ساعت هفت باز می‌شد.»

Et il commença alors à se balancer hors du lit.

و حالا شروع کرد به تکان دادن بدنش از تخت بیرون کشیدن.

Il avait cessé de se concentrer sur le haut ou le bas de son corps.

او تمرکز روی بالاتنه یا پایین‌تنه‌اش را کنار گذاشته بود.

Il fallut sortir tout son corps du lit.

تمام طول بدنش مجبور بود از تخت جدا شود.

Tomber de cette façon devrait protéger sa tête, pensa-t-il.

با خودش فکر کرد، افتادن به این شکل باید از سرش محافظت کند.

Il avait prévu de relever la tête lorsqu'il toucherait le sol.

او قصد داشت وقتی به زمین خورد، سرش را بالا بیاورد.

Son dos semblait suffisamment robuste pour encaisser le choc.

به نظر می‌رسید پشت بدنش برای این ضربه به اندازه کافی سفت شده است.

Et le tapis était là pour amortir l'atterrissage.

و فرش آنجا بود تا فرود آمدن را نرم کند.

Ce qui le préoccupait le plus, cependant, c'était le bruit assourdissant.

با این حال، بزرگترین نگرانی او سر و صدای زیاد بود.

Le bruit fracassant effrayerait tous les occupants de la maison.

صدای شکستن شیشه‌ها همه اهل خانه را ترسانده بود.

Peut-être que le bruit fort ne les terrifierait pas.

شاید آنها از صدای بلند وحشت نمی‌کردند.

Mais ils seraient certainement inquiets s'ils l'apprenaient.

اما اگر می‌شنیدند، مطمئناً نگران می‌شدند.

Mais il fallait prendre le risque d'attirer l'attention.

اما باید ریسک جلب توجه را به جان می‌خرید.

La nouvelle méthode s'apparentait davantage à un jeu qu'à un effort.

روش جدید بیشتر شبیه یک بازی بود تا یک تلاش.

Il devait balancer son corps par mouvements brusques et saccadés.

او مجبور بود بدنش را با حرکات ناگهانی و تند تکان دهد.

Gregor était déjà à moitié sorti du lit.

گرگور تقریباً از رختخواب بیرون آمده بود.

Une nouvelle idée venait de lui traverser l'esprit.

حالا فکر جدیدی به ذهنش خطور کرده بود.

« Tout serait si facile si quelqu'un venait à mon secours. »

»اگر کسی به کمکم بیاید، همه چیز خیلی آسان می‌شود«.

« Deux personnes fortes suffiraient amplement. »

»دو نفر آدم قوی کاملاً کافی هستند«.

Son père et la servante seraient assez forts.

پدرش و خدمتکارش به اندازه کافی قوی بودند.

Il leur suffirait de glisser leurs bras sous son dos.

آنها فقط کافی بود دست‌هایشان را زیر کمرش ببرند.

Et ensuite, ils pourraient facilement le sortir du lit.

و بعد به راحتی می‌توانستند او را از تخت بیرون بکشند.

Peut-être auraient-ils dû réduire son poids progressivement.

شاید مجبور می‌شدند وزنش را آرام آرام کم کنند.

Alors, espérons-le, les jambes auraient trouvé leur utilité.

امیدوارم در آن صورت پاها هدف خود را پیدا کرده باشند.

« Ne serait-il pas préférable, après tout, de demander de l'aide ? »

»بهتر نیست بالاخره زنگ بزنیم و کمک بخواهیم؟«

Le problème, bien sûr, c'est qu'il avait verrouillé les portes.

البته مشکل این بود که او درها را قفل کرده بود.

Il y avait quelque chose dans cette idée qui le chatouillait.

چیزی در مورد این فکر وجود داشت که او را قلقلک می‌داد.

Et malgré ses difficultés, il ne put réprimer un sourire.

و با وجود سختی‌هایی که متحمل می‌شد، نمی‌توانست لبخندش را فرو بنشاند.

Il était déjà sur le point de perdre l'équilibre.

حالا دیگر نزدیک بود تعادلش را از دست بدهد.

Chaque balancement le rapprochait un peu plus du moment où il basculerait du lit.

هر تکانی که به تخت می‌خورد، او را به پرت شدن از تخت نزدیک‌تر می‌کرد.

Il allait bientôt devoir prendre la décision finale.

به زودی او مجبور بود تصمیم نهایی را بگیرد.

Dans cinq minutes, il serait sept heures et quart.

پنج دقیقه‌ی دیگر ساعت هفت و ربع می‌شد.

Tandis qu'il était plongé dans ces pensées, la sonnette retentit.

در حالی که داشت به این افکار فکر می‌کرد، زنگ در به صدا درآمد.

« C'est quelqu'un du bureau », se dit-il.

با خودش گفت: «اون یکی از اعضای اداره‌ست».

Et il fut presque paralysé de peur à cause du visiteur.

و او تقریباً از ترسِ حضور مهمان، خشکش زد.

Ses jambes s'agitaient encore plus sauvagement qu'auparavant.

پاهایش حتی وحشی‌تر از قبل می‌رقصیدند.

Mais ensuite, pendant un instant, tout resta silencieux.

اما ناگهان، برای لحظه‌ای همه چیز ساکت شد.

« Ils n'ouvriront pas la porte », se dit Gregor.

گرگور با خودش گفت: «در را باز نمی‌کنند».

Il était encore prisonnier d'un espoir insensé.

او هنوز درگیر نوعی امید واهی بود.

Mais ensuite, bien sûr, la bonne s'est dirigée vers la porte.

اما بعد، البته، خدمتکار به سمت در رفت.

Et, comme toujours, elle ouvrit la porte au visiteur.

و مثل همیشه، در را به روی مهمان باز کرد.

Gregor n'avait besoin d'entendre que les premiers mots de bienvenue du visiteur.

گرگور فقط کافی بود اولین سلام مهمان را بشنود.

Il a tout de suite compris qui était venu le chercher.

او می‌توانست فوراً تشخیص دهد که چه کسی به سراغش آمده است.

Le chef de bureau en personne était venu prendre des nouvelles de Samsa.

خودِ رئیس دفتردار آمده بود تا سامسا را بررسی کند.

Pourquoi Gregor était-il le seul à être condamné à un tel sort ?

چرا گرگور تنها کسی بود که به این سرنوشت محکوم شد؟

Pourquoi lui seul a-t-il dû servir dans une telle organisation ?

چرا فقط او باید در چنین سازمانی خدمت می‌کرد؟

Le moindre oubli éveillait immédiatement les soupçons.

کوچکترین غفلتی فوراً سوءظن ایجاد می‌کرد.

Tous les employés qui travaillaient là-bas étaient-ils des scélérats ?

آیا همه کارمندانی که آنجا کار می‌کردند، رذل بودند؟

N'y avait-il donc parmi eux aucune personne fidèle et dévouée ?

آیا در میان آنها فرد مؤمن و فداکاری نبود؟

N'auraient-ils pas pu simplement envoyer un apprenti ?

نمی‌تونستن یه کارآموز بفرستن؟

Toutes ces interrogations étaient-elles vraiment nécessaires ?

آیا واقعاً این همه سوال و جواب لازم بود؟

Le représentant autorisé devait-il se déplacer en personne ?

آیا نماینده تام الاختیار باید خودش می آمد؟

Fallait-il vraiment informer toute la famille innocente ?

آیا لازم بود تمام خانواده بی‌گناه مطلع شوند؟

Toutes ces considérations ont poussé Gregor à agir.

همه این ملاحظات، گرگور را به اقدام واداشت.

Il se hissa hors du lit de toutes ses forces.

با تمام توانش خودش را از تخت پایین کشید.

Il y a eu une forte détonation, mais ce n'était pas vraiment un bruit.

صدای بلندی آمد، اما در واقع صدای بلندی نبود.

La chute avait été légèrement amortie par le tapis.

شدت سقوط به خاطر فرش کمی کمتر شده بود.

Son dos était plus élastique que Gregor ne l'avait imaginé.

کمرش از آنچه گرگور فکر می‌کرد، انعطاف‌پذیرتر بود.

Le son était donc plus sourd et moins perceptible.

بنابراین صدا کسل کننده تر بود و چندان قابل توجه نبود.

Mais il n'avait pas fait attention à sa tête pendant sa chute.

اما او در طول سقوط از سرش مراقبت نکرده بود.

Et lorsqu'il a touché le sol, il s'est aussi cogné la tête.

و وقتی به زمین خورد، سرش هم به زمین خورد.

Il se frotta la tête sur le tapis, en colère et souffrant.

از شدت خشم و درد سرش را روی فرش می‌مالید.

Mais le gérant, qui se trouvait dans la pièce d'à côté, a entendu le bruit.

اما مدیر اتاق بغلی صدا را شنید.

« Quelque chose est tombé là-dedans », a-t-il observé avec justesse.

او به درستی اظهار داشت: «چیزی آنجا افتاد».

Gregor essaya d'imaginer le manager dans sa situation.

گرگور سعی کرد مدیر را در موقعیت خودش تصور کند.

« La même chose pourrait-elle lui arriver ? » se demanda-t-il.

با خودش فکر کرد: «ممکن است همین اتفاق برای او هم بیفتد؟»

Il a admis que cet étrange événement pouvait être possible.

او پذیرفت که این اتفاق عجیب می‌تواند امکان‌پذیر باشد.

Puis le chef de bureau fit quelques pas vers la pièce.

و سپس دفتردار چند قدم به سمت اتاق برداشت.

C'était presque une réponse grossière à la question qu'il avait posée.

تقریباً جواب خامی به سوالی که او پرسیده بود، بود.

Ses bottes en cuir grinçaient lorsqu'il s'approcha de la porte.

چکمه‌های چرمی‌اش وقتی به در نزدیک می‌شد، جیرجیر می‌کردند.

Depuis la pièce située à sa droite, sa servante lui chuchota quelque chose.

خدمتکارش از اتاق سمت راستش با او نجوا کرد.

"Gregor, le représentant autorisé est ici."

»گرگور، نماینده‌ی تام‌الاختیار اینجاست«.

« Je sais », dit Gregor, mais seulement à voix basse pour lui-même.

گرگور گفت: »می‌دانم.« اما فقط آرام و با خودش.

Il n'osait pas élever la voix au-dessus d'un murmure.

جرات نداشت صدایش را از زمزمه بالاتر ببرد.

Parce que Gregor ne voulait pas que sa sœur l'entende.

چون گرگور نمی‌خواست خواهرش حرفش را بشنود.

« Gregor », dit le père depuis la pièce de gauche.

پدر از اتاق سمت چپ گفت: »گرگور«.

«Le responsable est venu vérifier quel est le problème.»

»مدیر آمده تا بررسی کند مشکل چیست«.

« Il vous a demandé pourquoi vous n'aviez pas pris le premier train. »

»او پرسید چرا با قطار صبح زود نرفتی؟«

« Nous ne savons pas quoi lui dire », a déclaré le père.

پدر گفت: »ما نمی‌دانیم به او چه بگوییم«.

« D'ailleurs, il souhaite également vous parler personnellement. »

»ضمناً، او همچنین می‌خواهد شخصاً با شما صحبت کند«.

« Veuillez ouvrir la porte, afin qu'il puisse vous parler. »

«لطفاً در را باز کنید تا او بتواند با شما صحبت کند».

« Il aura la gentillesse d'excuser le désordre dans la chambre. »

«او لطف خواهد کرد و به خاطر بهم ریختگی اتاق عذرخواهی خواهد کرد».

« Bonjour, Monsieur Samsa », lui lança le directeur.

مدیر او را صدا زد: «صبح بخیر، آقای سامسا».

Et il lui a certainement parlé de manière amicale.

و او مطمئناً با او دوستانه صحبت کرد.

« Il ne se sent pas bien », dit la mère au gérant.

مادر به مدیر گفت: «حالش خوب نیست».

« Il ne va pas bien du tout, croyez-moi, cher manager. »

«حالش اصلاً خوب نیست، باور کنید مدیر عزیز».

« Sinon, pourquoi Gregor aurait-il raté le train du matin ? »

«وگرنه چرا گرگور باید قطار صبح را از دست بدهد؟»

«Le garçon ne pense qu'à ses affaires.»

«این پسر به هیچ چیز جز تجارت فکر نمی‌کند».

« Cela m'agace presque qu'il ne fasse rien d'autre. »

«تقریباً از اینکه او هیچ کار دیگری نمی‌کند، اذیتم می‌کند».

« J'aimerais qu'il sorte le soir pour prendre l'air. »

کاش عصرها برای هوای تازه بیرون می‌رفت.

« Il était en ville pendant huit jours pour affaires. »

او هشت روز برای کار در شهر بود.

« Mais il était chez lui tous les soirs. »

«اما بعد او هر شب در خانه بود»

«Il s'assoit à notre table et lit le journal.»

او سر میز ما می‌نشیند و روزنامه می‌خواند.

« À d'autres moments, il étudie les horaires des trains. »

«در مواقع دیگر، او جدول زمانی قطارها را مطالعه می‌کند».

«Il lui arrive de s'occuper en faisant de la menuiserie.»

«گاهی اوقات خودش را با نجاری سرگرم می‌کند».

« Par exemple, il a sculpté un petit cadre photo en bois. »

مثلاً یک قاب عکس چوبی کوچک را تراشید».

« Pendant deux ou trois soirées, il était occupé avec la scie. »

»دو یا سه شب تمام مشغول اره کردن بود».

«Vous serez étonné(e) de voir à quel point le cadre photo est joli.»

»از زیبایی قاب عکس شگفت‌زده خواهید شد».

«Il a accroché le cadre photo dans sa chambre.»

»قاب عکس را در اتاقش آویزان کرده است».

« Quand il ouvrira la porte, vous verrez ses boiseries. »

»وقتی در را باز کند، کارهای چوبی‌اش را خواهی دید».

« Au fait, je suis ravi que vous soyez ici, Monsieur Prokurist. »

»راستی، خوشحالم که اینجا هستید، آقای پروکوریست».

« Nous n'aurions pas pu, à nous seuls, forcer Gregor à ouvrir la porte. »

ما به تنهایی نمی‌توانستیم گرگور را مجبور به باز کردن در کنیم.

« Il est tellement têtu », a avoué sa mère au vendeur.

مادرش به فروشنده اعتراف کرد: »او خیلی لجباز است».

« Il est certainement malade, même s'il l'a nié auparavant. »

»او قطعاً حالش خوب نیست، هرچند قبلاً این را انکار می‌کرد».

« J'arrive tout de suite », dit Gregor lentement et prudemment.

گرگور آهسته و با احتیاط گفت: »الان میام».

Mais il ne fit aucun mouvement vers la porte de la pièce.

اما او هیچ حرکتی به سمت در اتاق نکرد.

Il ne voulait pas perdre un seul mot de la conversation.

نمی‌خواست حتی یک کلمه از مکالمه را از دست بدهد.

Le chef de bureau a approuvé l'évaluation de la mère.

دفتردار ارشد با ارزیابی مادر موافق بود.

« Je ne peux pas l'expliquer autrement non plus, madame. »

»من هم نمی‌توانم جور دیگری توضیح بدهم، خانم«.

« Espérons tous qu'il ne souffre d'aucune maladie grave », a-t-il déclaré.

او گفت: »بیایید همه ما امیدوار باشیم که او بیماری جدی نداشته باشد«.

« D'un autre côté, c'est un risque pour notre secteur. »

از طرف دیگر، این یک خطر در صنعت ما است.

« Nous, les hommes d'affaires, devons souvent surmonter un certain malaise. »

ما تاجران اغلب باید بر ناراحتی غلبه کنیم.

« Les professionnels doivent simplement faire abstraction des petites douleurs. »

»حرفه‌ای‌ها فقط باید دردهای جزئی را تحمل کنند«.

Pendant ce temps, son père frappa de nouveau à l'autre porte.

در همین حال، پدرش دوباره درِ دیگر را زد.

« Le chef de bureau peut-il entrer maintenant ? » demanda-t-il.

می‌خواست بداند: »آیا الان رئیس دفتردار می‌تواند بیاید داخل؟«

« Non, il ne peut pas », répondit Gregor à la question de son père.

گرگور در پاسخ به سوال پدرش گفت: »نه، نمی‌تواند«.

Un silence gênant s'installa dans la pièce de gauche.

سکوت عجیبی اتاق سمت چپ را فرا گرفت.

Dans la pièce de droite, la sœur se mit à sangloter.

در اتاق سمت راست، خواهر شروع به هق هق کرد.

Pourquoi la sœur n'était-elle pas partie rejoindre les autres ?

چرا خواهرش نرفته بود پیش بقیه؟

Elle venait probablement de se lever, pensa-t-il.

با خودش فکر کرد، احتمالاً تازه از رختخواب بیرون آمده بود.

Elle n'a peut-être même pas encore commencé à s'habiller.

شاید هنوز لباس پوشیدن را شروع نکرده باشد.

Mais Gregor ne comprenait pas pourquoi elle pleurait.

اما گرگور نمی‌توانست بفهمد که چرا او گریه می‌کند.

Était-ce parce qu'il ne s'était pas levé pour laisser entrer le directeur ?

آیا به این خاطر بود که بلند نشد و مدیر را به داخل راه نداد؟

Était-ce parce qu'il risquait de perdre son emploi ?

آیا به این دلیل بود که او در خطر از دست دادن شغلش بود؟

Le patron pourrait-il s'en prendre aux parents comme avant ?

آیا ممکن است رئیس مثل قبل دنبال والدین بیاید؟

Allait-il leur formuler à nouveau les mêmes exigences qu'auparavant ?

آیا او دوباره قرار بود خواسته‌های قدیمی را از آنها مطرح کند؟

Il n'y avait probablement pas lieu de s'inquiéter de ces choses-là.

احتمالاً لازم نبود نگران این چیزها باشید.

Pour le moment, elle n'avait aucune raison de pleurer.

فعلاً دلیلی برای گریه کردن نداشت.

Gregor était toujours là, subvenant aux besoins de sa famille.

گرگور هنوز اینجا بود و مخارج خانواده را تأمین می‌کرد.

Et il n'a jamais eu l'intention de quitter sa famille.

و او هرگز قصد ترک خانواده را نداشت.

Pour le moment, il restait simplement allongé là, sur le tapis.

فعلاً او فقط همانجا روی فرش دراز کشیده بود.

La famille ignorait son état.

خانواده از وضعیت او خبر نداشتند.

S'ils avaient su, ils n'auraient pas encouragé son patron.

اگر می‌دانستند، رئیسش را تشویق نمی‌کردند.

Ils n'auraient même pas laissé entrer le gérant.

آنها حتی مدیر را هم به خانه راه نمی‌دادند.

Le refouler n'aurait pas été particulièrement impoli.

دور کردن او خیلی بی‌ادبانه نمی‌بود.

Il aurait facilement pu trouver une excuse convenable plus tard.

او می‌توانست بعداً به راحتی بهانه‌ی مناسبی پیدا کند.

Ce n'était pas un motif de licenciement.

این چیزی نبود که بشود به خاطرش او را اخراج کرد.

Gregor pensait qu'il serait plus judicieux de le laisser tranquille désormais.

گرگور احساس کرد که حالا تنها ماندن معقول‌تر است.

Le déranger en pleurant et en parlant n'a pas beaucoup aidé.

اذیت کردنش با گریه و حرف زدن فایده‌ی چندانی نداشت.

Mais c'était l'incertitude qui inquiétait les autres.

اما این عدم قطعیت بود که دیگران را آزار می‌داد.

Et c'est cette incertitude qui a excusé leur comportement.

و همین عدم قطعیت بود که رفتار آنها را توجیه می‌کرد.

« Monsieur Samsa », appela le directeur d'une voix forte.

مدیر با صدای بلند فریاد زد: «آقای سامسا».

« Qu'est-ce qui se passe avec toi ? » a-t-il voulu savoir.

می‌خواست بداند: «چه اتفاقی برایت افتاده؟»

« Tu t'es barricadé dans ta chambre. »

«خودت را در اتاقت حبس کرده‌ای».

«Vous ne pouvez répondre que par «oui» ou «non».»

«شما فقط با «بله» یا «خیر» پاسخ می‌دهید».

«Vous causez de sérieux soucis à vos parents.»

«تو داری پدر و مادرت رو خیلی نگران می‌کنی».

« Je ne vois pas de bonne raison de les inquiéter. »

«من دلیل خوبی نمی‌بینم که چرا باید آنها را نگران کنی».

« Il y a une autre chose que je mentionnerai en passant. »

«یک نکته دیگر هم هست که در حاشیه به آن اشاره می‌کنم».

«Vous négligez également vos obligations professionnelles envers nous.»

«شما همچنین وظایف کاری خود را در قبال ما نادیده می‌گیرید».

« Une telle irresponsabilité ne vous ressemble pas du tout. »

«چنین بی‌مسئولیتی کاملاً از شخصیت شما دور است».

« Je parle ici au nom de vos parents et de votre patron. »

«من اینجا از طرف والدین و رئیست صحبت می‌کنم».

« Et je vous demande une explication immédiate et claire. »

و از شما توضیح فوری و واضح می‌خواهم.

« Je dois dire que tout cela m'étonne vraiment. »

«باید بگویم که کل این ماجرا واقعاً مرا شگفت‌زده می‌کند».

« Je pensais vous connaître comme une personne calme et raisonnable. »

«فکر می‌کردم شما را به عنوان یک فرد آرام و منطقی می‌شناسم».

« Mais maintenant, tu nous montres une autre facette de toi. »

اما حالا داری جنبه‌ی دیگه‌ای از خودت رو بهمون نشون میدی.

«Vous faites soudain preuve de vos caprices très particuliers.»

«ناگهان داری هوس‌های عجیب و غریبت رو نشون میدی».

« Mais il pourrait y avoir une explication à votre échec. »

«اما شاید توضیحی برای شکست شما وجود داشته باشد».

« Le patron a mentionné une dette que vous aviez recouvrée pour nous. »

«رئیس از بدهی‌ای که شما برای ما جمع‌آوری کرده بودید، صحبت کرد».

« J'ai donné ma parole d'honneur au patron en votre nom. »

«من از طرف شما به رئیس قول شرف دادم».

« Mais maintenant je vois votre obstination incompréhensible. »

اما حالا لجاجت غیرقابل درک تو را می‌بینم.

« Je pourrais encore perdre toute envie de vous aider. »

«هنوز هم ممکن است تمام اشتیاقم را برای کمک به تو از دست بدهم».

«Votre sécurité d'emploi n'est en aucun cas totalement stable.»

»امنیت شغلی شما به هیچ وجه کاملاً پایدار نیست«.

« À l'origine, je comptais vous dire tout cela en privé. »

»اولش قصد داشتم همه این‌ها رو خصوصی بهت بگم«.

« Mais maintenant je vois que vous voulez que je perde mon temps ici. »

»اما حالا می‌بینم که می‌خواهی وقتم را اینجا تلف کنم«.

«Je ne vois donc aucune raison pour que vos parents ne le sachent pas.»

»بنابراین دلیلی نمی‌بینم که پدر و مادرت ندانند«.

«Vos récentes performances n'ont pas été satisfaisantes.»

»عملکرد اخیر شما رضایت‌بخش نبوده است«.

« Je reconnais que les ventes sont plus lentes à cette période de l'année. »

»قبول دارم که فروش در این موقع از سال کمتر است«.

« Mais il n'y a pas de période de l'année où il n'y a pas de ventes. »

اما هیچ زمانی از سال بدون فروش نیست.

Pendant un instant, Gregor oublia tout ce qui l'entourait.

برای لحظه‌ای گرگور همه چیز را در اطرافش فراموش کرد.

« Mais Monsieur Prokurist ! » s'écria Gregor, désespéré.

گرگور با ناامیدی فریاد زد: »اما آقای پروکوریست«!

« J'ouvre la porte tout de suite, maintenant, ne vous inquiétez pas. »

»الان در رو باز می‌کنم، همین الان، نگران نباش«.

«Le problème, c'est que je ne me sens pas très bien.»

»مشکل این است که من کاملاً احساس ناخوشی می‌کنم«.

« Mes vertiges m'ont empêché d'atteindre la porte. »

سرگیجه‌ام مانع از رسیدنم به در شد.

« Je suis encore au lit, mais je me sens beaucoup mieux. »

»هنوز روی تخت دراز کشیده‌ام، اما حالم خیلی بهتر است«.

«Un instant, s'il vous plaît, je viens de me lever.»

»یه لحظه لطفا، دارم از رختخواب بیرون میام«.

« Un instant de patience, c'est tout ce que je vous demande,
Monsieur Prokurist. »

»آقای پروکوریست، فقط یک لحظه صبر از شما می‌خواهم«.

« Ça ne se passe pas aussi bien que je le pensais, mais ça ira.
»

»اونطور که فکر می‌کردم خوب پیش نمی‌ره، اما من خوب خواهم شد«.

« Comment une telle chose peut-elle arriver à une personne
aussi rapidement ? »

چطور ممکن است چنین اتفاقی به این سرعت برای یک نفر بیفتد؟

« Je me sentais bien hier soir, mes parents le savent. »

»دیشب حالم خوب بود، پدر و مادرم این را می‌دانند«.

« Mais peut-être avais-je déjà un petit pressentiment à ce
moment-là. »

»اما شاید من همان موقع کمی پیش‌آگاهی داشتم«.

«Vous pourriez vous demander pourquoi je ne l'ai pas
signalé au bureau.»

»شاید بپرسید چرا آن را به دفتر گزارش ندادم«.

« Je pensais que je me sentirais beaucoup mieux demain
matin. »

فکر می‌کردم صبح دوباره حالم خیلی بهتر می‌شود.

« On pense toujours qu'ils auront vaincu la maladie d'ici là.
»

آدم همیشه فکر می‌کند که تا آن موقع بر بیماری غلبه خواهد کرد.

« Mais je vous en prie ! Épargnez mes parents de ces
accusations ! »

»اما لطفا! پدر و مادرم را از این اتهامات در امان بدار!«

« On ne m'a pas dit un mot de ce que vous m'avez dit. »

»حتی یک کلمه هم از چیزهایی که به من گفتی به من نگفته‌اند«.

« Il se peut que vous n'ayez pas lu les dernières commandes
que j'ai envoyées. »

«شاید آخرین سفارش‌هایی که فرستادم را نخوانده باشی».

« Au fait, vous n'avez pas à vous inquiéter pour moi
aujourd'hui. »

«راستی، امروز لازم نیست نگران من باشی».

«Je vais quand même prendre le train de huit heures.»

«من هنوز هم با قطار ساعت هشت میرم».

« Ces quelques heures de repos m'ont suffisamment
revigoré. »

«چند ساعت استراحت به اندازه کافی مرا تقویت کرده است».

« Vous n'avez vraiment pas besoin d'attendre, manager. »

«واقعاً نیازی نیست منتظر بمانید، مدیر».

« Moi aussi, je serai bientôt au bureau. »

«من هم خیلی زود در دفتر خواهم بود».

« Et s'il vous plaît, ayez la gentillesse de dire un mot en ma
faveur. »

«و لطفاً خیلی لطف کنید و یک جمله‌ی خوب در مورد من بنویسید».

Gregor avait donné son explication assez précipitamment.

گرگور توضیحاتش را با عجله بیان کرده بود.

Il ne savait pas vraiment ce qu'il essayait de dire.

او به سختی می‌دانست که واقعاً سعی دارد چه بگوید.

Il s'est approché de la boîte et a essayé de s'en servir pour se
lever.

او به سمت جعبه رفت و سعی کرد با آن بایستد.

Il avait vraiment l'intention d'ouvrir la porte.

او واقعاً تمام نیتش را داشت که در را باز کند.

Il souhaitait être reçu par le représentant autorisé.

او می‌خواست نماینده‌ی مجاز او را ببیند.

Et il voulait régler le problème avec lui personnellement.

و او می‌خواست شخصاً مشکل را با او حل کند.

Il était impatient de savoir comment les autres réagiraient à son égard.

او مشتاق بود بداند واکنش بقیه نسبت به او چگونه خواهد بود.

Ils doivent maintenant être impatients de savoir comment il va.

آنها الان حتماً مشتاقند ببینند حالش چطور است.

Il y avait deux façons possibles dont ils pouvaient réagir face à lui.

دو راه ممکن وجود داشت که آنها می‌توانستند در برابر او واکنش نشان دهند.

Une possibilité était qu'ils aient peur.

یک احتمال این بود که آنها ترسیده باشند.

S'ils avaient peur, alors il n'en était pas responsable.

اگر آنها ترسیده بودند، پس او هیچ مسئولیتی نداشت.

Et alors, il n'aurait plus à s'inquiéter de la situation.

و آنگاه او دیگر نگران اوضاع نخواهد بود.

Mais il y avait aussi une autre possibilité à envisager.

اما احتمال دیگری هم برای فکر کردن وجود داشت.

Peut-être accepteraient-ils sereinement sa personnalité.

شاید آنها با آرامش او را همانطور که بود می‌پذیرفتند.

Gregor n'aurait alors aucune raison de se fâcher non plus.

آنوقت گرگور هم دلیلی برای ناراحت شدن نمی‌داشت.

Il y aurait encore assez de temps pour prendre le train.

هنوز زمان کافی برای رسیدن به قطار وجود خواهد داشت.

Cependant, se tenir debout n'était pas une tâche facile.

با این حال، ایستادن روی پای راست به هیچ وجه کار آسانی نبود.

Lors de ses premières tentatives, il a glissé hors de la boîte.

در چند تلاش اولش، از جعبه لیز خورد و افتاد.

La boîte était trop lisse pour qu'il puisse s'y appuyer.

جعبه بیش از حد صاف بود که او بتواند در مقابل آن بایستد.

Et finalement, il se donna un dernier effort pour se relever.

و بالاخره آخرین هلش را برای بلند شدن داد.

Il ne prêta plus attention à la douleur qu'il ressentait à l'abdomen.

دیگر به درد شکمش توجهی نکرد.

Peu importe l'intensité de la douleur, il la surmonterait.

مهم نبود درد چقدر باشد، او از آن عبور می‌کرد.

Il se laissa tomber contre le dossier d'une chaise voisine.

او خودش را رها کرد و به پشتی صندلی‌ای که در همان نزدیکی بود، تکیه داد.

Et il s'accrochait aux bords avec ses petites jambes.

و با پاهای کوچکش لبه‌ها را محکم گرفته بود.

À ce stade, il avait repris le contrôle de lui-même.

در این مرحله او کنترل بیشتری بر خودش پیدا کرده بود.

Et sa chute fut plus silencieuse que la précédente.

و سقوط او از سقوط قبلی بی‌صداتر بود.

Parce qu'il devait écouter ce que disait le manager.

چون مجبور بود به حرف مدیر گوش کند.

« Avez-vous compris quelque chose à tout cela ? » demanda-t-il aux parents.

از والدین پرسید: «چیزی از آن را فهمیدید؟»

« Il ne se moquerait pas de nous, n'est-ce pas ? »

«اون که ما رو مسخره نمی‌کنه، نه؟»

« Pour l'amour de Dieu ! » s'écria la mère, déjà en larmes.

مادر که دیگر داشت گریه می‌کرد، فریاد زد: «به خاطر خدا».

« Il est peut-être gravement malade et nous le tourmentons. »

شاید او سخت بیمار باشد و ما او را عذاب می‌دهیم».

« Grete ! Grete ! » cria-t-elle à sa fille.

او به دخترش فریاد زد: «گرت! گرت»!

« Maman ? » appela la sœur de l'autre côté.

خواهر از آن طرف صدا زد: «مادر؟»

Ils ont ensuite communiqué par l'intermédiaire de la chambre de Gregor.

سپس آنها از طریق اتاق گرگور با هم ارتباط برقرار کردند.

« Gregor est très malade et il a besoin de médicaments. »

گرگور خیلی مریض است و به دارو نیاز دارد.

«Vous devrez aller chez le médecin immédiatement.»

«باید فوراً به پزشک مراجعه کنی».

« Tu as entendu comment Gregor parlait tout à l'heure ? »

«شنیدی گرگور الان چطور حرف زد؟»

« C'était la voix d'un animal », a déclaré le gérant.

مدیر گفت: «این صدای یک حیوان بود».

Ses paroles étaient douces comparées aux cris de la mère.

کلماتش در مقایسه با فریادهای مادر آرام بود.

« Anna ! Anna ! » appela le père depuis l'antichambre.

پدر از توی اتاق انتظار صدا زد: «آنا! آنا»!

Et il a claqué des mains pour attirer leur attention.

و برای جلب توجه آنها، دست‌هایش را به هم زد.

« Appelez immédiatement un serrurier ! » ordonna-t-il à la bonne.

به خدمتکار دستور داد: «فوراً یک قفل‌ساز خبر کنید»!

Les filles, en jupes, traversèrent l'antichambre en courant.

دخترها، با دامن‌هایشان، از اتاق انتظار دویدند.

Et leurs jupes bruissaient lorsqu'elles passèrent en courant devant sa chambre.

و دامن‌هایشان خش‌خش می‌کرد، در حالی که از کنار اتاقش می‌دویدند.

« Comment sa sœur a-t-elle fait pour s'habiller si vite ? » se demanda-t-il.

با خودش فکر کرد: «چطور خواهر اینقدر سریع لباس پوشید؟»

La porte a été arrachée, mais elle n'a pas été claquée.

در از جا کنده شده بود، اما محکم بسته نشده بود.

C'est fréquent dans les maisons où survient un grand malheur.

این اتفاق در خانه‌هایی که بدبختی بزرگی رخ می‌دهد، رایج است.

Mais tout cela avait considérablement apaisé Gregor.

اما همه اینها باعث شده بود گرگور خیلی آرام‌تر شود.

Quand il entendait ses propres paroles, elles lui paraissaient claires.

وقتی کلمات خودش را شنید، به نظرش واضح آمدند.

En fait, il estimait que ses paroles avaient été plus claires.

در واقع او احساس می‌کرد که کلماتش واضح‌تر شده‌اند.

Mais les autres ne comprenaient plus ce qu'il disait.

اما بقیه دیگر حرف‌هایش را نمی‌فهمیدند.

Peut-être s'était-il habitué à ses oreilles à ce moment-là.

شاید تا حالا به گوش‌هایش عادت کرده بود.

Mais au moins, ils comprenaient maintenant mieux sa situation.

اما حداقل حالا آنها موقعیت او را بهتر درک می‌کردند.

Ils se sont rendu compte qu'il y avait vraiment quelque chose qui n'allait pas chez lui.

آنها فهمیدند که واقعاً مشکلی با او وجود دارد.

Et ils faisaient maintenant tout leur possible pour l'aider.

و حالا آنها تمام تلاش خود را برای کمک به او انجام می‌دادند.

Cela redonna à Gregor un sentiment de confiance qui lui manquait.

این به گرگور حس اعتماد به نفسی داد که کم داشت.

Et il se sentait de nouveau beaucoup plus en sécurité au sein de sa famille.

و او دوباره در خانواده احساس امنیت بسیار بیشتری می‌کرد.

Il avait le sentiment d'être à nouveau intégré au cercle humain.

او احساس کرد که دوباره در دایره انسانیت قرار گرفته است.

Il ne lui restait plus qu'à espérer que le serrurier puisse ouvrir la porte.

حالا باید امیدوار بود که قفل‌ساز بتواند در را باز کند.

Et il espérait que le médecin serait capable d'accomplir de telles tâches.

و او امیدوار بود که دکتر بتواند چنین وظایفی را انجام دهد.

Il allait bientôt devoir reprendre la parole.

او قرار بود به زودی دوباره بیشتر صحبت کند.

Il allait falloir que sa voix soit aussi claire que possible.

قرار بود صدایش تا حد امکان واضح باشد.

Pour se préparer à la réunion, il s'éclaircit la gorge.

برای آماده شدن برای جلسه، گلویش را صاف کرد.

Il s'efforçait toutefois de tousser très discrètement.

با این حال، تمام تلاشش را کرد که فقط خیلی آرام سرفه کند.

Ce bruit pouvait être différent d'une toux humaine.

ممکن است این صدا با سرفه انسان متفاوت بوده باشد.

Il savait qu'il ne pouvait plus faire la différence entre de telles choses.

او می‌دانست که دیگر نمی‌تواند چنین چیزهایی را از هم تشخیص دهد.

Dans la pièce voisine, le silence était total.

در اتاق کناری کاملاً ساکت شده بود.

Les parents étaient probablement assis à table.

احتمالاً پدر و مادر سر سفره نشسته بودند.

Ils chuchotaient peut-être avec le gérant.

شاید داشتند با مدیر پچ پچ می‌کردند.

Peut-être que tout le monde était appuyé contre la porte et écoutait.

شاید همه به در تکیه داده بودند و گوش می‌دادند.

Gregor poussa lentement la chaise vers la porte.

گرگور به آرامی صندلی را به سمت در هل داد.

Il s'appuya contre la porte et se tint droit.

در را هل داد و خودش را صاف نگه داشت.

Il a découvert que la plante de ses pieds était légèrement collée.

او فهمید که کف پاهایش کمی چسب دارد.

Et il se reposa là un instant, épuisé.

و او لحظه‌ای از شدت کار و تلاش، آنجا آرام گرفت.

Après s'être suffisamment reposé, il s'attela à la tâche suivante.

پس از استراحت کافی، او کار بعدی را شروع کرد.

Il commença à tourner la clé dans la serrure avec sa bouche.

با دهانش شروع به چرخاندن کلید در قفل کرد.

Malheureusement, il semblait qu'il n'avait pas de dents.

متأسفانه، به نظر می‌رسید که او دندان واقعی ندارد.

Mais quel autre moyen avait-il pour s'emparer des clés ?

اما او چه راه دیگری برای گرفتن کلیدها داشت؟

Heureusement pour lui, ses mâchoires étaient bien sûr très fortes.

خوشبختانه برای او، آرواره‌هایش البته بسیار قوی بودند.

Grâce à la force de ses mâchoires, il a vraiment réussi à faire bouger la clé.

با کمک آرواره‌هایش واقعاً کلید را به حرکت درآورد.

Il ne doutait pas qu'il se faisait du mal à lui-même également.

او شکی نداشت که به خودش هم آسیب می‌رساند.

Parce qu'un liquide brunâtre sortait de sa bouche.

چون مایعی قهوه ای رنگ از دهانش بیرون می آمد.

Le liquide brunâtre a coulé sur la clé et le long de la porte.

مایع قهوه‌ای رنگ از روی کلید جاری شد و از در پایین رفت.

Mais Gregor ne se souciait pas de se faire du mal.

اما گرگور اهمیتی نمی‌داد که دارد به خودش آسیب می‌رساند.

« Vous entendez ça ? » demanda le gérant dans la pièce voisine.

مدیر اتاق بغلی گفت: «صدامو می‌شنوی؟»

« Il tourne la clé », avait remarqué le gérant.

مدیر متوجه شده بود: «او دارد کلید را می‌چرخاند.»

Ces paroles furent un grand encouragement pour Gregor.

این سخنان برای گرگور دلگرمی بزرگی بود.

Mais le père et la mère auraient également dû crier :

اما پدر و مادر باید فریاد می‌زدند:

« Bien joué, Gregor ! » auraient-ils dû lui crier.

باید سرش داد می‌زدند: «آفرین، گرگور».

«Continue, continue de tourner la clé, tu peux le faire.»

«ادامه بده، اون کلید رو بچرخون، تو می‌تونی انجامش بدی».

Mais Gregor dut plutôt imaginer leur enthousiasme.

اما در عوض گرگور مجبور بود هیجان آنها را تصور کند.

Il serra les mâchoires de toutes ses forces.

با تمام قدرتی که داشت، فکش را به هم فشرد.

Et il continua à tourner la clé dans la serrure.

و همچنان کلید را در قفل می‌چرخاند.

Son corps se tordit douloureusement en un cercle.

بدنش با درد دور خودش به شکل دایره‌ای پیچید.

Il ne tenait plus debout qu'avec sa bouche.

حالا او فقط با دهانش خودش را سرپا نگه داشته بود.

Pour continuer à tourner la clé, il appuya contre la porte.

برای اینکه به چرخاندن کلید ادامه دهد، آن را به در فشار داد.

Finalement, le claquement de la serrure réveilla de nouveau Gregor.

بالاخره صدای تق‌تق قفل، گرگور را دوباره بیدار کرد.

« Je n'avais donc pas besoin du serrurier », soupira-t-il de soulagement.

«پس به قفل‌ساز احتیاج نداشتم.» با آسودگی آهی کشید.

Il ne lui restait plus qu'à ouvrir la porte qu'il avait déverrouillée.

حالا فقط باید دری را که قفلش را باز کرده بود، باز می‌کرد.

Et, la tête sur la poignée, il ouvrit la porte.

و در حالی که سرش را روی دستگیره گذاشته بود، در را باز کرد.

Il se trouvait derrière la porte qui donnait sur sa chambre.

او پشت دری بود که به اتاقش باز می‌شد.

La porte était donc déjà ouverte avant même qu'on puisse le voir.

بنابراین، قبل از اینکه او دیده شود، در از قبل باز شده بود.

Il lui fallait ensuite se faufiler autour de la porte elle-même.

بعد مجبور شد خودش را از کنار در عبور دهد.

Ce mouvement difficile a également nécessité beaucoup d'efforts.

این حرکت دشوار، تلاش زیادی هم می‌طلبید.

Il ne voulait pas tomber maladroitement dans la pièce voisine.

او نمی‌خواست دست و پا چلفتی به اتاق بغلی بیفتد.

Il n'avait donc pas le temps de prêter attention à quoi que ce soit d'autre.

بنابراین او وقت نداشت که به چیز دیگری توجه کند.

Mais il entendit alors le chef de bureau s'exclamer bruyamment : « Oh ! »

اما ناگهان شنید که رئیس دفتر با صدای بلند «اوه!» گفت.

On aurait dit que le vent soufflait en rafales dans la maison.

انگار باد توی خونه می‌پیچید.

Il se trouvait être celui qui était le plus proche de la porte.

اتفاقاً او از همه به در نزدیک‌تر بود.

Et maintenant, en le voyant, il porta sa main à sa bouche.

و حالا، با دیدن او، دستش را روی دهانش گذاشت.

Il recula lentement, s'éloignant de Gregor.

او به آرامی خودش را به عقب کشید و از گرگور دور شد.

Mais c'était comme si une force invisible agissait sur lui.

اما انگار نیرویی نامرئی او را تحت تأثیر قرار داده بود.

La première chose que fit la mère fut de regarder le père.

اولین کاری که مادر کرد، نگاه کردن به پدر بود.

Malgré la présence du gérant, ses cheveux étaient en désordre.

با وجود حضور مدیر، موهایش ژولیده بود.

Elle déplia les bras et fit deux pas en avant.

دست‌هایش را از هم باز کرد و دو قدم جلو آمد.

Mais elle s'est effondrée au milieu de sa jupe.

اما ناگهان در میان دامنش فرو ریخت.

Sa robe s'est étalée tout autour d'elle sur le sol.

لباسش دور تا دور بدنش روی زمین پخش شد.

Et sa tête disparut sur sa poitrine.

و سرش روی سینه‌های خودش ناپدید شد.

Le père serra le poing avec une expression hostile.

پدر با حالتی خصمانه مشتش را گره کرد.

Il semblait vouloir que Gregor soit renvoyé dans sa chambre.

به نظر می‌رسید که دلش می‌خواست گرگور را به اتاقش برگردانند.

Il jeta ensuite un regard incertain autour du salon.

سپس با تردید به اطراف اتاق نشیمن نگاه کرد.

Et finalement, il se couvrit les yeux entre ses mains.

و بالاخره چشمانش را میان دستانش گرفت.

Et il pleura amèrement jusqu'à ce que sa poitrine puissante tremble.

و او به تلخی گریست تا جایی که سینه‌ی ستبرش لرزید.

Gregor n'est en réalité pas entré dans leur chambre.

گرگور اصلاً وارد اتاق آنها نشد.

Au lieu de cela, il s'appuya contre le cadre de la porte.

در عوض، خودش را به چارچوب در تکیه داد.

Seule la moitié de son corps était visible de l'extérieur.

فقط نیمی از بدنش برای کسانی که بیرون بودند قابل مشاهده بود.

Et sur son corps reposait sa tête, inclinée sur le côté.

و سرش که به پهلو خم شده بود، روی بدنش قرار داشت.

La lumière était désormais devenue beaucoup plus vive qu'auparavant.

حالا دیگر نور خیلی بیشتر از قبل شده بود.

On pouvait désormais voir clairement l'autre côté de la rue.

حالا می‌شد به وضوح آن طرف خیابان را دید.

Une partie de l'hôpital gris et interminable se dévoila.

بخشی از بیمارستان بی‌انتها و خاکستری رنگ نمایان شد.

La pluie matinale n'avait pas encore complètement cessé de tomber.

باران صبحگاهی هنوز کاملاً بند نیامده بود.

Mais maintenant, les gouttes de pluie étaient plus grosses et plus espacées.

اما حالا قطرات باران بزرگتر و از هم دورتر بودند.

Les plats du petit-déjeuner étaient disposés en abondance sur la table.

ظرف‌های صبحانه به وفور روی میز بود.

Le père considérait le petit-déjeuner comme le repas le plus important.

پدر، صبحانه را مهمترین وعده غذایی می‌دانست.

Le petit-déjeuner était un repas qu'il s'éternisait pendant des heures.

صبحانه وعده غذایی بود که او ساعت‌ها آن را کش می‌داد.

Et pendant ces heures, il lisait les différents journaux.

و در این ساعات روزنامه‌های مختلف را می‌خواند.

Juste en face, sur le mur, était accrochée une photo de Gregor.

درست روی دیوار روبرو، عکسی از گرگور آویزان بود.

La photographie accrochée au mur le montrait en lieutenant.

عکس روی دیوار او را در مقام ستوان نشان می‌داد.

C'était une photo de l'époque où il était dans l'armée.

عکس مربوط به دوران سربازی‌اش بود.

Sa main était posée sur son épée, et il arborait un sourire insouciant.

دستش روی شمشیرش بود و لبخندی بی‌خیال بر لب داشت.

Sa posture et son uniforme imposaient un certain respect.

طرز ایستادن و لباس فرمش احترام خاصی را می‌طلبید.

L'autre porte qui menait à l'antichambre était également ouverte.

درِ دیگری که به اتاق انتظار منتهی می‌شد نیز باز بود.

Et la porte de l'appartement était encore ouverte elle aussi.

و درِ آپارتمان هم هنوز باز بود.

On pouvait voir jusqu'à la cour de l'immeuble.

می‌شد تمام حیاط جلویی آپارتمان را دید.

Puis les escaliers descendaient sur la rue en contrebas.

و سپس پله‌ها به خیابان پایین منتهی می‌شدند.

Gregor était le seul à avoir gardé son sang-froid.

گرگور تنها کسی بود که آرامش خود را حفظ کرده بود.

Il a constaté cela, la conversation était donc de sa responsabilité.

او این را دید، بنابراین گفتگو مسئولیت او بود.

« Bon, je vais m'habiller pour le travail maintenant », dit-il.

گفت: «خب، الان می‌روم لباس بپوشم و بروم سر کار».

« Une fois que j'aurai emballé les échantillons de tissu, je partirai. »

«بعد از اینکه نمونه‌های پارچه را بسته‌بندی کردم، می‌روم».

«Vous comptez toujours me tirer dessus, Monsieur Prokurist ?»

«آقای پروکوریست، هنوز هم قصد دارید مرا اخراج کنید؟»

« Comme vous pouvez le constater, je ne suis pas aussi têtue que vous le pensiez. »

«همانطور که می‌بینی، من آنقدرها هم که فکر می‌کردی لجباز نیستم».

« Et vous pouvez constater que j'aime bien travailler, après tout. »

»و می‌بینی که بالاخره من کار کردن را دوست دارم«.

« Je peux admettre que voyager pour le travail n'est pas facile. »

»می‌توانم اعتراف کنم که سفر کاری آسان نیست«.

« Mais je peux aussi accepter que cela fasse partie de mon travail. »

اما می‌توانم بپذیرم که این بخشی از شغل من است«.

« Chef de projet, où allez-vous ? Retournez-vous au bureau ? »

»مدیر، کجا می‌روید؟ برمی‌گردید به دفتر؟«

« Allez-vous rapporter fidèlement tout ce que vous avez vu ? »

»آیا هر آنچه را که دیده‌ای صادقانه گزارش خواهی داد؟«

«Il arrive parfois qu'on soit dans l'incapacité d'aller travailler.»

»گاهی اوقات اتفاق می‌افتد که کسی نمی‌تواند سر کار برود«.

« C'est le moment idéal pour se souvenir des succès passés. »

الان زمان مناسبی برای یادآوری دستاوردهای گذشته است«.

« Une fois la difficulté surmontée, on travaille encore mieux. »

»بعد از رفع سختی، آدم حتی بهتر هم کار می‌کند«.

« Ma diligence et ma concentration vont augmenter. »

»قرار است پشتکار و تمرکز من افزایش یابد«.

«Vous savez très bien que je suis redevable envers le patron.»

»خودت خوب می‌دانی که من مدیون رئیس هستم«.

« Mais je suis aussi inquiète pour mes parents et ma sœur. »

اما در عین حال، نگران پدر و مادرم و خواهرم هم هستم«.

« Je suis dans une situation délicate, mais je vais m'en sortir.
»

»من در شرایط سختی هستم، اما راه خودم را برای خروج از آن پیدا خواهم
کرد».

« Ne compliquez pas davantage les choses. »

»این وضعیت را از اینی که هست سخت‌تر نکن».

« En tant que collègues, nous devons aussi nous entraider. »

ما به عنوان همکاران باید به یکدیگر کمک کنیم.

« Je sais que les employés de bureau n'aiment pas les
voyageurs. »

»می‌دانم که کارمندان ادارات از مسافران خوششان نمی‌آید».

«Vous croyez qu'on gagne des fortunes et qu'on mène une
vie confortable.»

»فکر می‌کنی ما کلی پول درمیاریم و زندگی خوبی داریم؟»

« Ils n'ont aucune raison valable de tenir compte de leurs
préjugés. »

»آنها هیچ دلیل واقعی برای بررسی تعصب خود ندارند».

« Mais vous, agent habilité, votre rôle est différent. »

»اما شما، مأمور مجاز، نقش متفاوتی دارید».

«Vous avez une meilleure vue d'ensemble que les autres
membres du personnel.»

»شما نسبت به سایر کارکنان، دید کلی بهتری دارید».

« En fait, je pense que vous avez peut-être la meilleure vue
d'ensemble. »

»در واقع فکر می‌کنم شما بهترین دید کلی را دارید».

«Vous avez une meilleure vision d'ensemble que le patron
lui-même.»

»تو از خود رئیس هم دید کلی بهتری داری».

« J'admets que c'est le patron qui fait le travail
d'entrepreneur. »

»من اعتراف می‌کنم که رئیس واقعاً کارهای کارآفرینی را انجام می‌دهد».

« Mais il est facile de se tromper dans ses jugements. »

اما قضاوت‌های او به راحتی می‌تواند گمراه‌کننده باشد.

« Et ces petites erreurs de jugement peuvent nous être préjudiciables. »

و این قضاوت‌های نادرست کوچک می‌تواند به ضرر ما تمام شود».

«Vous savez combien il est facile de parler du voyageur.»

»می‌دانی که حرف زدن درباره مسافر چقدر آسان است».

« Il n'est pas là pour défendre sa réputation contre les rumeurs. »

او آنجا نیست که از آبرویش در برابر شایعات دفاع کند».

« Ces accusations peuvent très bien n'être que des coïncidences. »

این اتهامات می‌توانند به راحتی تصادفی باشند.

« Nombre de ces plaintes ne reposent même sur aucune vérité. »

»بسیاری از شکایات حتی ریشه در هیچ حقیقتی ندارند».

«Il est absent du bureau pendant presque toute l'année.»

او تقریباً تمام سال را در دفتر کار خود نیست.

«Quelles chances a-t-il de défendre sa propre réputation ?»

«او چه شانسی برای دفاع از آبروی خودش دارد؟»

«Il n'a même pas connaissance des accusations.»

او حتی حاضر نیست در مورد اتهامات چیزی بشنود.

«Il découvre ce qui a été dit lorsqu'il est trop tard.»

«او زمانی متوجه می‌شود که چه چیزی گفته شده است که خیلی دیر شده است».

« À ce stade, il est épuisé par le voyage de la journée. »

«در آن مرحله او از سفر روزانه خسته شده است».

« Il devra de toute façon en subir les terribles conséquences. »

او در هر صورت باید عواقب وحشتناک آن را تجربه کند».

« Même s'il n'a aucun moyen de comprendre le problème. »

«حتی با اینکه او هیچ راهی برای فهمیدن مشکل ندارد».

« Oh, manager, ne partez pas sans me dire un mot. »

»ای مدیر، بدون اینکه چیزی به من بگویی نرو».

«Dites-moi au moins que vous êtes d'accord avec moi en partie.»

»حداقل بگو که تا حدودی با من موافقی».

Mais le directeur s'était détourné de Gregor bien plus tôt.

اما مدیر خیلی زودتر از گرگور روی برگردانده بود.

Son épaule tressaillit lorsqu'il se retourna vers Gregor.

وقتی دوباره به گرگور نگاه کرد، شانه‌اش لرزید.

Et il n'est pas resté immobile une seule fois pendant tout son discours.

و در طول سخنرانی حتی یک بار هم بی‌حرکت نایستاد.

Il se retournait vers Gregor, les lèvres pincées.

او با لب‌های جمع‌شده به گرگور نگاه می‌کرد.

Il reculait progressivement vers la porte.

او به تدریج به سمت در عقب‌نشینی می‌کرد.

Mais il ne pouvait pas non plus détacher son regard de Gregor.

اما او نمی‌توانست چشم از گرگور بردارد.

Il avait l'impression qu'il lui était secrètement interdit de quitter la pièce.

او احساس می‌کرد که یک ممنوعیت مخفی برای خروج از اتاق وجود دارد.

Mais à ce stade, il se trouvait déjà dans le hall d'entrée.

اما در این مرحله او دیگر در راهروی ورودی بود.

Et soudain, il fit un mouvement vers la sortie.

و حالا او با حرکتی ناگهانی به سمت در خروجی رفت.

Il tendit la main droite vers les escaliers.

دست راستش را به سمت پله‌ها دراز کرد.

Peut-être qu'une force surnaturelle attendait pour le sauver.

شاید نیرویی ماوراءالطبیعه منتظر نجات او بود.

Gregor savait qu'il ne pouvait pas le laisser partir comme ça.

گرگور می‌دانست که نمی‌تواند اجازه دهد او به این شکل آنجا را ترک کند.

Le manager ne doit pas revenir dans le même état d'esprit qu'avant.

مدیر نباید با همان حال و هوایی که داشت، برگردد.

La sécurité de l'emploi de Gregor était fortement menacée.

امنیت شغلی گرگور به شدت در خطر بود.

Les parents ne comprenaient pas tout cela.

والدین نمی‌توانستند همه اینها را کاملاً درک کنند.

Au fil des ans, ils s'étaient habitués à sa sécurité d'emploi.

در طول این سال‌ها، آنها به امنیت شغلی او عادت کرده بودند.

Et ils étaient convaincus qu'il avait ce poste à vie.

و آنها متقاعد شده بودند که او این شغل را تا آخر عمر دارد.

Au lieu de cela, ils s'étaient préoccupés d'autres soucis.

در عوض، آنها با نگرانی‌های بیشتری مشغول شده بودند.

Mais ces préoccupations leur ont fait perdre toute prévoyance.

اما این نگرانی‌ها باعث شد که آنها تمام دوراندیشی خود را از دست بدهند.

Gregor, cependant, n'avait pas perdu la clairvoyance de ses parents.

با این حال، گرگور دوراندیشی والدین را از دست نداده بود.

Il a fallu que quelqu'un arrête le représentant autorisé.

یکی باید جلوی نماینده مجاز رو می‌گرفت.

Il allait devoir le calmer et le convaincre.

باید او را آرام می‌کرد و متقاعدش می‌ساخت.

L'avenir de Gregor et de sa famille en dépendait !

آینده گرگور و خانواده‌اش به آن بستگی داشت!

Si seulement sa sœur intelligente avait été là pour l'aider.

کاش آن خواهر باهوش اینجا بود تا کمک کند.

Elle avait déjà pleuré alors que Gregor était encore dans sa chambre.

او قبلاً وقتی گرگور هنوز در اتاقش بود گریه کرده بود.

À ce moment-là, il était simplement allongé tranquillement sur le dos.

در آن لحظه او فقط آرام به پشت دراز کشیده بود.

Elle connaissait déjà l'importance de la situation à ce moment-là.

او از قبل اهمیت موقعیت را می‌دانست.

Le directeur était connu pour avoir un faible pour les femmes.

مدیر به زن‌ها علاقه‌ی خاصی داشت.

Elle aurait facilement pu le persuader de rester plus longtemps.

او به راحتی می‌توانست او را متقاعد کند که بیشتر بماند.

Elle aurait fermé la porte et l'aurait fait rentrer.

او در را می‌بست و او را به داخل راهنمایی می‌کرد.

Mais malheureusement, sa sœur était partie chercher un médecin.

اما متأسفانه خواهر رفته بود تا دکتر بیاورد.

Gregor n'avait donc pas d'autre choix que de le faire lui-même.

بنابراین گرگور چاره‌ای جز انجام این کار توسط خودش نداشت.

Il n'avait pas réfléchi à quelles étaient réellement ses capacités.

او به توانایی‌های واقعی‌اش فکر نکرده بود.

Et il avait oublié de se méfier de sa capacité à parler.

و فراموش کرده بود که به توانایی صحبت کردن خود اعتماد نداشته باشد.

Mais il a néanmoins quitté la sécurité de sa chambre.

اما با این وجود، او امنیت اتاقش را ترک کرد.

Et il se faufila par l'ouverture de la pièce.

و خودش را از روزنه اتاق به بیرون هل داد.

Le directeur était déjà en train de descendre les escaliers.

مدیر داشت از پله‌ها پایین می‌آمد.

Mais il s'accrochait à la rambarde à deux mains.

اما او با هر دو دست نرده‌ها را گرفته بود.

Gregor tomba en se poussant à travers la porte.

گرگور همین که خودش را از در بیرون کشید، افتاد.

Il laissa échapper un petit cri en cherchant un appui.

او جیغ خفیفی کشید و برای کمک گرفتن، چیزی را گرفت.

Mais au lieu de paniquer, il a ressenti un bien-être physique.

اما به جای وحشت، او احساس تندرستی جسمی می‌کرد.

Pour la première fois ce matin-là, quelque chose semblait juste.

برای اولین بار آن روز صبح، چیزی درست به نظر می‌رسید.

Il avait désormais toutes les jambes bien ancrées au sol.

حالا تمام پاهایش زیرشان محکم و استوار بود.

Il était surpris de constater à quel point il contrôlait bien ses jambes.

او از اینکه چقدر خوب می‌توانست پاهایش را کنترل کند، شگفت‌زده شده بود.

Il était heureux de constater que ses jambes lui obéissaient parfaitement.

او از اینکه متوجه شد پاهایش کاملاً از او اطاعت می‌کنند، خوشحال بود.

En réalité, ses jambes le portaient partout où il le voulait.

در واقع پاهایش او را به هر کجا که می‌خواست می‌بردند.

Bientôt, tous ses chagrins allaient prendre fin.

به زودی تمام غم و اندوه او به پایان رسید.

Mais au même moment, sa propre mère se leva d'un bond.

اما درست در همان لحظه مادرش از جا پرید.

Ses bras étaient tendus et ses doigts écartés.

بازوهایش کشیده و انگشتانش از هم باز شده بودند.

Et elle s'est écriée : « Au secours ! Au nom de Dieu, que quelqu'un m'aide ! »

و او فریاد زد: «کمک، به خاطر خدا یکی کمک کنه»!

Elle inclina la tête ; elle voulait mieux voir Gregor.

سرش را کج کرد؛ می‌خواست گرگور را بهتر ببیند.

Mais contrairement à sa première action, elle est revenue en courant.

اما در انقباض به اولین اقدام، او به عقب دوید.

Elle avait oublié que la table était mise derrière elle.

فراموش کرده بود که میز پشت سرش چیده شده است.

Tout ce qui était prévu pour le petit-déjeuner était encore sur la table.

تمام وسایل صبحانه هنوز روی میز بود.

Elle s'assit précipitamment sur la table, comme distraite.

او با عجله روی میز نشست، انگار حواسش پرت شده بود.

Et elle n'a pas semblé remarquer le café renversé.

و انگار متوجه قهوه ریخته شده نشد.

Le café était maintenant en train d'imbiber la moquette.

قهوه‌ای که حالا داشت توی فرش نفوذ می‌کرد.

« Maman, maman », dit doucement Gregor en levant les yeux vers elle.

گرگور به آرامی گفت: «مادر، مادر،» و به او نگاه کرد.

Pour le moment, le manager ne lui importait pas.

فعلاً مدیر برایش مهم نبود.

Mais il y avait aussi le café qui coulait sur la moquette.

اما چکه‌های قهوه روی فرش هم بود.

Gregor n'a pas pu s'empêcher de claquer des dents devant le café.

گرگور نتوانست جلوی خودش را بگیرد و از شدت هیجان قهوه را به هم کوبید.

La mère se remit à pleurer à cause de son comportement.

مادر دوباره به خاطر رفتار او شروع به گریه کرد.

Elle a sauté de la table pour prendre ses distances avec lui.

از روی میز پایین پرید تا از او فاصله بگیرد.

Et elle s'est réfugiée dans les bras de son père.

و او برای حفظ جانش به آغوش پدر دوید.

Mais Gregor n'avait plus de temps à consacrer à ses parents.

اما گرگور دیگر وقتی برای پدر و مادرش نداشت.

L'agent habilité se trouvait déjà dans l'escalier.

مأمور مجاز از قبل روی پله‌ها بود.

Il avait le menton appuyé sur la rambarde, pour regarder à l'intérieur de la maison.

چانه‌اش را به نرده تکیه داده بود تا داخل خانه را ببیند.

Apparemment, il voulait jeter un dernier coup d'œil au spectacle.

ظاهراً می‌خواست آخرین نگاه را به آن منظره بیندازد.

Et Gregor fit un dernier effort pour joindre le directeur.

و گرگور آخرین تلاشش را کرد تا با مدیر تماس بگیرد.

Il courut vers la porte aussi prudemment qu'il le put.

او با تمام سرعت و احتیاطی که می‌توانست، به سمت در دوید.

Mais le chef de bureau devait se douter de quelque chose.

اما حتماً رئیس دفتردار به چیزی مشکوک شده بود.

Parce qu'il a descendu quelques marches et a disparu.

چون از چند پله پایین پرید و ناپدید شد.

« Hein ! » s'écria Gregor, sa voix résonnant dans la cage d'escalier.

گرگور فریاد زد: «ها!» و صدایش در راه‌پله پیچید.

La fuite du manager sembla également déconcerter son père.

به نظر می‌رسید فرار مدیر، پدرش را هم گیج کرده است.

Jusque-là, il était parvenu à garder son calme.

او تا آن زمان توانسته بود کاملاً خونسرد بماند.

Mais malheureusement, lui aussi a perdu le sang-froid qu'il avait eu.

اما متأسفانه او نیز آرامشی را که داشت از دست داد.

Il aurait dû aider Gregor dans sa quête.

کاری که او باید انجام می‌داد این بود که به گرگور در تعقیبش کمک می‌کرد.

Mais, d'une main, il saisit la canne du directeur.

اما، او عصای مدیر را با یک دست گرفت.

Et dans l'autre main, il tenait maintenant un journal.

و در دست دیگرش حالا یک روزنامه گرفته بود.

Et il entravait désormais directement Gregor dans sa poursuite.

و حالا او مستقیماً مانع تعقیب گرگور شد.

Il s'était placé entre Gregor et la rue.

او خودش را بین گرگور و خیابان قرار داده بود.

Il tapa du pied et agita le bâton et le journal.

پاهایش را به زمین کوبید و عصا و روزنامه را تکان داد.

Et il forçait activement Gregor à retourner dans sa chambre.

و او داشت با جدیت گرگور را مجبور می‌کرد که به اتاقش برگردد.

Aucune des demandes formulées par Gregor n'a été utile.

هیچ‌کدام از درخواست‌هایی که گرگور سعی کرد مطرح کند، کمکی نکرد.

Parce qu'aucune de ses demandes n'a été comprise.

زیرا هیچ یک از درخواست هایی که او مطرح کرد، فهمیده نشد.

Il tourna la tête vers un angle plus profond et plus humble.

سرش را به زاویه‌ای عمیق‌تر و فروتنانه‌تر چرخاند.

Mais son père répondit en tapant du pied encore plus fort.

اما پدرش با محکم‌تر کوبیدن پاهاش جواب داد.

La mère ouvrit une fenêtre, malgré la fraîcheur ambiante.

مادر، با وجود هوای خنک، پنجره را باز کرد.

Et elle enfouit son visage dans ses mains froides.

و از سرما صورتش را بین دستانش فشرد.

Le vent pouvait désormais traverser tout l'appartement.

حالا باد می‌توانست از تمام آپارتمان عبور کند.

Un fort courant d'air soufflait de l'escalier vers la ruelle.

باد شدیدی از راه پله به کوچه می وزید.

Les rideaux claquaient sous l'effet du vent violent.

پرده‌ها از شدت باد تکان می‌خوردند.

Et le journal posé sur la table bruissait dans le vent.

و روزنامه روی میز در باد خش خش می‌کرد.

Même des feuilles ont été soufflées à l'intérieur de la maison depuis l'extérieur.

حتی بعضی از برگ‌ها از بیرون به داخل خانه پرتاب شده بودند.

Le père tapa du pied et poussa sans relâche.

پدر پاهایش را محکم به زمین کوبید و بی‌وقفه هل داد.

Et il sifflait et émettait des bruits comme un homme sauvage.

و او هیس هیس می‌کرد و صداهایی شبیه به صداهای یک مرد وحشی از خودش درمی‌آورد.

Mais Gregor ne s'était pas encore entraîné à marcher à reculons.

اما گرگور هنوز راه رفتن به عقب را تمرین نکرده بود.

Même Gregor admettrait que ce mouvement était beaucoup plus lent.

حتی گرگور هم اعتراف می‌کرد که این حرکت خیلی کندتر بود.

Tout ce qu'il souhaitait, c'était avoir la possibilité de faire demi-tour.

با این حال، تنها چیزی که می‌خواست، فرصتی برای تغییر بود.

Il serait alors allé directement dans sa chambre.

بعدش هم مستقیم میرفت تو اتاقش.

Mais il avait trop peur d'impatienter son père.

اما او خیلی می‌ترسید که پدرش را بی‌صبر کند.

Et il y avait la menace d'un coup de bâton.

و تهدید به ضربه با چوب هم وجود داشت.

Un tel coup à l'arrière de la tête pourrait être fatal.

چنین ضربه‌ای به پشت سر می‌تواند کشنده باشد.

Mais finalement, Gregor n'avait pas d'autre choix.

اما در نهایت گرگور چاره دیگری نداشت.

Il s'est rendu compte qu'il ne pouvait même plus marcher droit à reculons.

او متوجه شد که حتی نمی‌تواند مستقیم به عقب راه برود.

Il commença à se retourner aussi vite qu'il le put.

او با بیشترین سرعتی که می‌توانست شروع به چرخیدن کرد.

Mais en réalité, ce mouvement de rotation était tout aussi lent.

اما در واقعیت، این حرکت چرخشی به همان اندازه کند بود.

Et il fut suivi des regards anxieux du père.

و نگاه های نگران پدر او را دنبال می کرد.

Peut-être le père avait-il remarqué les bonnes intentions de Gregor.

شاید پدر متوجه نیت خیر گرگور شده بود.

Parce qu'il ne l'a pas empêché de se retourner.

زیرا او از چرخیدن مزاحم او نشد.

Il a même utilisé le bout de son bâton pour guider la rotation.

او حتی از نوک چوبش برای هدایت چرخش استفاده می‌کرد.

Mais Gregor aurait préféré que son père ne lui ait pas sifflé dessus !

اما گرگور هنوز آرزو می‌کرد که کاش پدر به او هیس نکرده بود!

Le sifflement ne fit qu'ajouter à la confusion du moment.

صدای خش‌خش فقط به آشفتگی آن لحظه می‌افزود.

Puis il a commis une erreur et a tourné dans la mauvaise direction.

و بعد اشتباه کرد و راه را اشتباه رفت.

Finalement, il a réussi à se tourner dans la bonne direction.

در نهایت او بالاخره موفق شد با راه درست روبرو شود.

Et il était satisfait des progrès qu'il avait accomplis.

و از پیشرفتی که کرده بود، راضی بود.

Mais un autre problème est alors devenu encore plus
évident.

اما مشکل بعدی حتی بیشتر آشکار شد.

Son corps était trop large pour passer facilement la porte.

بدنش آنقدر پهن بود که به راحتی از در رد نمی‌شد.

Dans son état actuel, le père ne s'en est pas aperçu.

پدر در وضعیت فعلی‌اش متوجه این موضوع نشد.

Il ne lui vint donc pas à l'esprit d'ouvrir davantage la porte.

بنابراین به ذهنش خطور نکرد که در را بیشتر باز کند.

Il y aurait alors eu suffisamment de place pour Gregor.

آنوقت فضای کافی برای گرگور وجود می‌داشت.

Sa seule priorité était de faire entrer Gregor dans sa
chambre.

تنها اولویت او این بود که گرگور را به اتاقش ببرد.

Il aurait dû se lever pour passer la porte.

او مجبور بود برای عبور از در، بایستد.

Mais le père n'aurait pas permis une telle manœuvre.

اما پدر اجازه چنین مانوری را نمی‌داد.

En fait, il le sifflait encore plus sauvagement qu'avant.

در واقع، او حتی وحشی‌تر از قبل با او هیس می‌کرد.

On aurait dit qu'il y avait plus d'un homme qui lui sifflait
dessus.

انگار بیشتر از یک مرد به او هیس می‌کشیدند.

Ses revendications semblaient revêtir une nouvelle urgence.

به نظر می‌رسید که خواسته‌های او فوریت جدیدی پیدا کرده است.

Il n'y avait vraiment plus de temps à perdre.

واقعاً دیگر وقت برای غر زدن و غر زدن نبود.

Quoi qu'il arrive, Gregor devait franchir la porte.

هر اتفاقی که می‌افتاد، گرگور باید از در رد می‌شد.

Il s'est imposé sans aucun égard pour lui-même.

او بدون هیچ گونه خودبزرگ بینی، خودش را به زحمت انداخت.

Un côté de son corps fut projeté vers le haut par le
mouvement.

یک طرف بدنش در اثر این حرکت به سمت بالا خم شد.

Et il était allongé de travers, maladroitement, dans
l'embrasure de la porte.

و او با حالتی ناجور و خمیده بین درگاه دراز کشیده بود.

Un de ses flancs était à vif à cause du frottement contre le
bois.

یکی از پهلوهایش به شدت به چوب ساییده شده بود.

Et il avait laissé des taches disgracieuses sur la porte peinte
en blanc.

و لکه‌های زشتیٔ روی در سفید رنگ شده به جا گذاشته بود.

Les jambes d'un de ses côtés pendaient en tremblant dans le
vide.

پاهای یکی از پهلوهایش در هوا لرزان آویزان بودند.

Ses autres jambes étaient douloureusement enfoncées dans
le sol.

پاهای دیگرش به طرز دردناکی به زمین فشرده شده بودند.

Bientôt, il allait se retrouver complètement coincé entre la
porte et le mur.

خیلی زود او کاملاً بین در گیر می‌کرد.

Et alors, il n'aurait plus pu bouger du tout.

و آنگاه او اصلاً نمی‌توانست تکان بخورد.

Mais le père lui a donné une forte impulsion véritablement
libératrice.

اما پدر او را به طرز رهایی‌بخشی به جلو هل داد.

Et il tomba, ensanglanté, loin dans sa chambre.

و او در حالی که به شدت خونریزی داشت، در اتاقش افتاد.

Le père claqua la porte derrière lui avec sa canne.

پدر با عصایش در را پشت سرش محکم بست.

Et puis, enfin, le calme et la tranquillité revinrent.

و بعد بالاخره دوباره آرامش و سکوت برقرار شد.

Deuxième partie
بخش دوم

Gregor ne s'est réveillé que bien plus tard dans la journée.

گرگور تا دیروقتِ همان روز از خواب بیدار نشد.

Le crépuscule était tombé ; il avait dormi profondément, inconsciemment.

غروب شده بود؛ او سنگین و بی‌هوش خوابیده بود.

Il se serait réveillé même sans avoir été dérangé.

او حتی بدون اینکه کسی مزاحمش شود، بیدار می‌شد.

Parce qu'il se sentait suffisamment reposé et avait bien dormi.

چون احساس می‌کرد به اندازه کافی استراحت کرده و خوب خوابیده است.

Mais il crut entendre quelques pas furtifs à l'extérieur.

اما فکر کرد صدای قدم‌های زودگذری را از بیرون شنیده است.

Et quelqu'un aurait pu refermer soigneusement la porte d'entrée.

و ممکن است کسی با دقت درِ ورودی را بسته باشد.

La lumière du tramway électrique se projetait faiblement au plafond.

نور کم‌رنگ تراموا برقی روی سقف افتاده بود.

Le dessus du meuble a également reçu un peu de lumière.

بالای مبلمان هم کمی نور دریافت کرد.

Mais en bas, au niveau de Gregor, il faisait sombre.

اما روی زمین، در ارتفاع گرگور، هوا تاریک بود.

Ses jambes le poussèrent lentement de nouveau vers la porte.

پاهایش دوباره به آرامی او را به سمت در هل دادند.

Il était très curieux de voir ce qui s'était passé là-bas.

او خیلی کنجکاو بود که ببیند آنجا چه اتفاقی افتاده است.

Mais le contrôle de ses antennes n'était pas encore développé.

اما کنترل او بر شاخک‌هایش هنوز تکامل نیافته بود.

Bien qu'il ait commencé à apprécier ces nouveaux capteurs.

اگرچه او شروع به قدردانی از این حسگرهای جدید کرد.

Une longue et disgracieuse cicatrice semblait lui barrer le flanc gauche.

به نظر می‌رسید که جای زخم ناخوشایند و درازی از سمت چپ بدنش امتداد یافته است.

La cicatrice lui donnait l'impression de contracter ce côté de son corps.

انگار جای زخم، آن سمت بدنش را سفت کرده بود.

Il devait donc littéralement boiter en s'appuyant sur ses deux rangées de pattes.

و بنابراین او مجبور بود به معنای واقعی کلمه روی دو ردیف پاهایش لنگ بزند.

L'une de ses jambes avait été grièvement blessée ce matin-là.

صبح همان روز یکی از پاهایش به شدت آسیب دیده بود.

C'était vraiment un miracle qu'il ne se soit pas cassé plus de jambes.

واقعاً معجزه بود که پاهای بیشتری نشکسته بود.

Et il traîna donc sa jambe blessée, inerte, derrière lui.

و بنابراین پای زخمی‌اش را بی‌جان به دنبال خود می‌کشید.

Lorsqu'il atteignit la porte, il réalisa quelque chose de profond.

وقتی به در رسید، متوجه چیز عمیقی شد.

C'était l'odeur de quelque chose qui l'avait attiré là.

بوی چیزی او را به آنجا کشانده بود.

Quelque chose de comestible avait été laissé pour Gregor dans sa chambre.

چیزی خوراکی برای گرگور در اتاقش گذاشته بودند.

Des morceaux de pain blanc flottant dans un bol de lait sucré.

تکه‌های نان سفید شناور در کاسه‌ای از شیر شیرین.

Il pouvait à peine contenir la joie qui l'habitait.

او به سختی می‌توانست شادی‌ای را که در درونش موج می‌زد، پنهان کند.

Il avait encore plus faim maintenant que le matin.

حالا حتی از صبح هم گرسنه‌تر بود.

Il plongea aussitôt la tête dans le bol de lait.

او فوراً سرش را در کاسه شیر فرو برد.

Le lait lui recouvrait presque toute la tête, jusqu'aux yeux.

شیر تقریباً تمام سرش را تا چشمانش فرا گرفت.

Mais il a rapidement retiré sa tête, amèrement déçu.

اما خیلی زود سرش را عقب کشید، به شدت ناامید شد.

L'alimentation était difficile en raison de la fragilité de son côté gauche.

به دلیل ضعف سمت چپ بدنش، غذا خوردن برایش دشوار بود.

Et il ne pouvait manger qu'en haletant de tout son corps.

و او فقط می‌توانست با نفس نفس زدن با تمام بدنش غذا بخورد.

Mais ce n'était pas la véritable raison de sa déception.

اما دلیل واقعی ناامیدی او این نبود.

Le lait avait toujours été l'un de ses plats préférés.

شیر همیشه یکی از غذاهای مورد علاقه‌اش بود.

Il ne doutait pas que sa sœur s'en souvenait.

شک نداشت که خواهرش این را به خاطر سپرده است.

Et c'est pour cela qu'elle lui avait donné du lait.

و به همین دلیل بود که به او شیر داده بود.

Il n'a pas su expliquer pourquoi il n'aimait plus le lait.

او نمی‌توانست توضیح دهد که چرا حالا از شیر متنفر است.

Et il se détourna du bol presque à contrecœur.

و تقریباً با اکراه از کاسه روی برگرداند.

Déçu, il retourna en rampant au milieu de la pièce.

ناامید، به وسط اتاق برگشت و سینه خیز رفت.

De là, il pouvait voir à travers la fente de la porte.

در اینجا او توانست از شکاف در ببیند.

Il pouvait voir que le feu était allumé dans le salon.

او می‌توانست ببیند که آتش در اتاق نشیمن روشن است.

Habituellement, à cette heure-ci, le père lisait le journal.

معمولاً در این زمان پدر روزنامه می خواند.

Il avait toujours l'habitude de lire à sa mère à voix haute.

او همیشه با صدای بلند برای مادر کتاب می‌خواند.

Parfois, la sœur écoutait aussi les conversations du père.

گاهی اوقات خواهر نیز به حرف‌های پدر گوش می‌داد.

Elle avait toujours parlé à Gregor de ces lectures à voix haute.

او همیشه این داستان خواندن را با صدای بلند برای گرگور تعریف کرده بود.

Mais aujourd'hui, aucun son ne provenait de la pièce.

اما امروز هیچ صدایی از اتاق نمی آمد.

Peut-être cette habitude s'était-elle déjà perdue.

شاید این عادت دیگر از بین رفته بود.

Un silence profond s'était installé dans tout l'appartement.

سکوت عمیقی بر کل آپارتمان حکمفرما شده بود.

Bien qu'il sût que l'appartement n'était certainement pas vide.

اگرچه می‌دانست آپارتمان مطمئناً خالی نیست.

« Quelle vie tranquille mène cette famille », pensa Gregor.

گرگور با خودش فکر کرد: «چه زندگی آرامی دارند این خانواده».

Et il fixa l'obscurité avec une grande fierté.

و با غروری عظیم به تاریکی خیره شد.

Il était fier de la vie qu'il avait pu leur offrir.

او به زندگی‌ای که توانسته بود به آنها بدهد افتخار می‌کرد.

Il était fier du bel appartement qu'ils occupaient.

او به آپارتمان زیبایی که در آن زندگی می‌کردند افتخار می‌کرد.

Mais cette paix était-elle sur le point de connaître une fin tragique ?

اما آیا قرار بود تمام این آرامش به پایانی وحشتناک ختم شود؟

Allait-on leur ravir leur prospérité ?

آیا قرار بود رفاه و آسایش آنها از آنها گرفته شود؟

Leur bonheur était-il désormais incertain pour l'avenir ?

آیا رضایت آنها در حال حاضر در آینده نامشخص بود؟

Mais il ne voulait pas se perdre dans de telles pensées.

اما او نمی‌خواست خودش را در چنین افکاری گم کند.

Pour s'occuper, il grimpait et descendait les murs.

برای اینکه خودش را مشغول نگه دارد، از دیوارها بالا و پایین می‌رفت.

Durant cette longue soirée, une porte était entrouverte.

در طول آن شب طولانی، یکی از درها کمی باز شد.

Et à un autre moment, l'autre porte s'ouvrit légèrement.

و در زمانی دیگر، درِ دیگر کمی باز شد.

Mais à chaque fois, les portes se sont refermées aussitôt.

اما هر دو بار درها دوباره به سرعت بسته شدند.

De toute évidence, quelqu'un à l'extérieur souhaitait entrer.

مشخصاً کسی از بیرون میل داشت وارد شود.

Mais ils avaient aussi trop d'inquiétudes à l'idée de venir.

اما آنها همچنین نگرانی‌های زیادی در مورد ورود به کشور داشتند.

Gregor s'arrêta alors net devant la porte du salon.

گرگور حالا درست جلوی در اتاق نشیمن ایستاد.

Il était déterminé à trouver un moyen de tenter le visiteur hésitant.

او مصمم بود به نحوی بازدیدکننده مردد را وسوسه کند.

Il voulait aussi savoir qui était le visiteur.

و همچنین می‌خواست بداند که مهمان چه کسی بوده است.

Mais ce soir-là, la porte ne fut pas ouverte une troisième fois.

اما آن شب، در برای بار سوم باز نشد.

Et Gregor passa son temps à attendre en vain près de la porte.

و گرگور بیهوده وقتش را کنار در منتظر می‌گذراند.

Plus tôt dans la journée, ils avaient tous voulu entrer dans la pièce.

اوایل آن روز همه آنها می‌خواستند به اتاق بیایند.

Maintenant que les portes étaient déverrouillées, ce serait plus facile pour eux.

حالا که درها قفل نبودند، برایشان راحت‌تر بود.

Mais ils ont choisi de rester de l'autre côté de la pièce.

اما آنها ترجیح دادند در آن سوی اتاق بمانند.

Gregor remarqua que les clés n'étaient plus dans leurs serrures.

گرگور متوجه شد که کلیدها دیگر در قفل‌هایشان نیستند.

Quelqu'un a dû déplacer les clés vers la serrure extérieure.

حتماً کسی کلیدها را به قفل بیرونی منتقل کرده است.

Ce n'est que tard dans la nuit que la lumière du salon était éteinte.

فقط آخر شب چراغ اتاق نشیمن خاموش می‌شد.

La famille a dû rester éveillée tout ce temps.

خانواده حتماً تمام مدت بیدار مانده بودند.

Et Gregor pouvait clairement les entendre s'éloigner sur la pointe des pieds.

و گرگور به وضوح صدای دور شدن آنها را با نوک پا شنیدند.

Désormais, personne n'allait venir voir Gregor avant le lendemain matin.

حالا قرار نبود تا صبح کسی پیش گرگور بیاید.

Il eut donc tout le temps d'être seul, de réfléchir en toute tranquillité.

بنابراین او زمان زیادی برای خودش داشت تا بدون مزاحمت فکر کند.

Quelle serait la meilleure façon de réorganiser sa vie maintenant ?

الان بهترین راه برای سازماندهی مجدد زندگی او چیست؟

Mais les hauts murs de la pièce vide l'effrayaient.

اما دیوارهای بلند اتاق خالی او را ترساند.

Il n'avait pas d'autre choix que de s'allonger à plat ventre sur le sol.

چاره‌ای نداشت جز اینکه خودش را روی زمین پهن کند.

Et il n'a jamais trouvé la cause de sa peur dans cet espace.

و او هرگز علت ترس خود را در آن فضا نیافت.

C'était la même pièce où il avait vécu pendant cinq ans.

همان اتاقی بود که پنج سال تمام در آن زندگی کرده بود.

Semi-consciemment, il fit un mouvement vers le canapé.

نیمه هوشیار، به سمت مبل حرکت کرد.

Et sans aucune honte, il se cacha sous le canapé.

و بدون هیچ شرمی خودش را زیر مبل پنهان کرد.

Là-bas, il se sentit immédiatement de nouveau très à l'aise.

در آنجا، او بلافاصله دوباره احساس راحتی زیادی کرد.

Bien que son dos soit un peu comprimé.

با وجود اینکه کمرش کمی فشار می آمد.

Il ne pouvait plus non plus lever la tête sous le canapé.

او دیگر نمی‌توانست سرش را زیر مبل هم بلند کند.

Mais même cela, il préférait éviter de se trouver dans un espace ouvert.

اما حتی در این حالت هم او بودن در هر منطقه‌ی بازی را ترجیح می‌داد.

Il regrettait toutefois que son corps soit si large.

با این حال، او از اینکه بدنش خیلی پهن بود پشیمان بود.

Le canapé ne pouvait pas recouvrir entièrement son corps.

مبل نمی‌توانست تمام بدنش را کاملاً بپوشاند.

Il est resté sous le canapé toute la nuit.

او تمام شب را زیر مبل ماند.

Il passa la nuit à moitié endormi, troublé par sa faim.

شبی که گرسنگی آشفته‌اش کرده بود و نیمه‌خواب به سر می‌برد.

Et le temps qu'il passait éveillé, il le consacrait soit à
s'inquiéter, soit à espérer.

و زمانی را که بیدار بود یا با نگرانی گذراند یا با امیدواری.

Mais tous ses vagues espoirs menaient à la même
conclusion.

اما تمام امیدهای مبهم او به همان نتیجه منجر شد.

Il n'avait d'autre choix que de rester silencieux pour le
moment.

چاره‌ای جز سکوت در آن لحظه نداشت.

Il devait faire preuve de patience et de considération envers
la famille.

او باید صبر و حوصله و توجه به خانواده را نشان می‌داد.

C'était le seul moyen de rendre ce désagrément supportable.

این تنها راهی بود که می‌توانست آن ناراحتی را قابل تحمل کند.

Le désagrément qu'il imposait désormais à la famille.

ناراحتی که حالا به خانواده تحمیل می‌کرد.

Il n'a pas eu à attendre longtemps pour prouver sa
compassion.

او مجبور نبود برای اثبات دلسوزی‌اش زیاد صبر کند.

Tôt le matin, sa sœur jeta un coup d'œil dans sa chambre.

صبح زود خواهر به اتاق او نگاه کرد.

En réalité, c'était autant la nuit que le matin.

اگرچه واقعاً همانقدر شب بود که صبح بود.

Elle était entièrement habillée et semblait éprouver de
l'excitation.

او کاملاً لباس پوشیده بود و به نظر می‌رسید که هیجان‌زده است.

La solidité de sa décision nouvellement prise pourrait être mise à l'épreuve.

قدرت تصمیم تازه گرفته شده او می‌توانست مورد آزمایش قرار گیرد.

Elle ne l'a pas immédiatement repéré au premier coup d'œil.

او بلافاصله با نگاه اول او را پیدا نکرد.

Il devait forcément être quelque part ; il n'aurait pas pu s'envoler.

او حتماً جایی بود؛ نمی‌توانست پرواز کند و برود.

Puis son regard parcourut une seconde fois la pièce.

اما ناگهان چشمانش برای بار دوم اتاق را گشت.

Et cette fois, elle a aperçu son torse sous le canapé.

و این بار بالاتنه‌اش را زیر مبل دید.

Elle était si effrayée qu'elle a perdu tout contrôle d'elle-même.

آنقدر ترسیده بود که تمام کنترل خودش را از دست داده بود.

Et sa première réaction fut de claquer la porte à nouveau.

و اولین واکنشش این بود که دوباره در را محکم ببندد.

Mais elle a aussi semblé immédiatement regretter son comportement.

اما به نظر می‌رسید که او بلافاصله از رفتارش پشیمان شد.

Aussitôt qu'elle eut claqué la porte, elle la rouvrit.

به محض اینکه در را محکم بست، دوباره آن را باز کرد.

Et cette fois, elle entra dans la pièce sur la pointe des pieds.

و این بار آرام و با نوک پا وارد اتاق شد.

Elle se déplaçait comme si elle rendait visite à une personne gravement malade.

طوری راه می‌رفت که انگار به عیادت یک بیمارِ به شدت بیمار رفته است.

Ou bien elle rendait visite à un parfait inconnu.

یا شاید او به ملاقات یک غریبه‌ی کامل رفته بود.

Gregor poussa sa tête presque jusqu'au bord du canapé.

گرگور سرش را تقریباً به لبه مبل رساند.

Et, caché sous le coffre-fort, il l'observait dans la pièce.

و از زیر گاوصندوق، او را در اتاق تماشا کرد.

Allait-elle remarquer qu'il avait oublié le lait ?

آیا قرار بود متوجه شود که او شیر را جا گذاشته است؟

Il n'avait pas laissé le lait par manque de faim.

او به دلیل گرسنگی شیر را ترک نکرده بود.

Allait-elle lui apporter un autre plat ?

آیا قرار بود به جای آن، برایش غذای متفاوتی بیاورد؟

Peut-être un plat qui corresponde mieux à ses goûts.

شاید غذایی که بیشتر با ترجیحات او مطابقت داشته باشد.

Mais elle aurait dû remarquer elle-même son appétit.

اما او باید خودش متوجه اشتهای او می‌شد.

Il aurait préféré mourir de faim plutôt que de lui en parler.

او ترجیح می‌داد از گرسنگی بمیرد تا اینکه او را از این موضوع آگاه کند.

En réalité, il aurait beaucoup aimé le lui dire.

راستش را بخواهید، خیلی دوست داشت به او بگوید.

Il était vraiment tenté de tirer sur lui depuis sous le canapé.

او واقعاً وسوسه شده بود که از زیر مبل به بیرون شلیک کند.

Il avait envie de se jeter aux pieds de sa sœur.

دلش می‌خواست خودش را روی پای خواهرش بیندازد.

Et il voulait lui demander quelque chose de bon à manger.

و او می‌خواست از او چیزی خوشمزه برای خوردن بخواهد.

Mais la sœur regarda alors le bol de lait.

اما ناگهان خواهر به کاسه شیر نگاه کرد.

Elle remarqua aussitôt que le bol était encore plein.

او فوراً متوجه شد که کاسه هنوز پر است.

Elle était plutôt surprise que Gregor n'ait rien mangé.

او از اینکه گرگور چیزی نخورده بود، کمی تعجب کرد.

Seul un peu de lait avait été renversé sur le sol.

فقط کمی شیر روی زمین ریخته بود.

Elle a aussitôt ramassé le bol et l'a emporté.

او فوراً کاسه را برداشت و بیرون برد.

Il vit qu'elle ne ramassait pas le bol à mains nues.

دید که او کاسه را با دست خالی برنمی‌دارد.

Au lieu de cela, elle ramassa le bol à l'aide d'un des chiffons.

در عوض، او کاسه را با یکی از آن پارچه‌ها برداشت.

Mais Gregor oublia très vite ce petit détail.

اما گرگور خیلی سریع این نکته‌ی جزئی را فراموش کرد.

Il était désormais beaucoup plus enthousiaste à propos
d'autre chose.

حالا او از چیز دیگری خیلی بیشتر هیجان‌زده بود.

Qu'est-ce qu'elle pourrait apporter à la place du lait ?

او چه چیزی می‌تواند به عنوان جایگزین شیر بیاورد؟

Il avait diverses idées sur ce qu'elle pourrait apporter.

او در مورد آنچه که او می‌توانست بیاورد، افکار مختلفی داشت.

Mais la gentillesse de sa sœur a dépassé ses espérances.

اما مهربانی خواهرش فراتر از انتظارش بود.

Elle comprit qu'elle devait tester ses nouveaux goûts.

او متوجه شد که باید سلیقه‌های جدید او را امتحان کند.

Elle a donc apporté toute une sélection de plats différents.

بنابراین او مجموعه‌ای کامل از غذاهای مختلف را آورد.

Légumes à moitié pourris, os du repas du soir.

سبزیجات نیمه گندیده، استخوان‌های غذای شب.

De la sauce solidifiée provenant de leur autre repas.

سس سفت شده از غذای دیگری که خورده بودند.

Quelques raisins secs, des amandes, du pain sec, du pain
beurré.

چند تا کشمش، کمی بادام، نون خشک، نون روغنی.

Du pain beurré et salé.

مقداری نان که کره مالیده و نمک زده شده بود.

Du fromage que Gregor avait déclaré immangeable il y a deux jours.

پنیری که گرگور دو روز پیش آن را غیرقابل خوردن اعلام کرده بود.

Toute cette sélection de nourriture était disposée sur un journal.

تمام این انتخاب غذا روی یک روزنامه قرار داده شده بود.

Elle a également placé un bol d'eau à côté de ses repas.

و همچنین یک کاسه آب کنار غذای او گذاشت.

Elle savait que Gregor n'aurait pas mangé devant elle.

می‌دانست که گرگور جلوی او چیزی نمی‌خورد.

Par respect pour lui, elle quitta de nouveau la pièce.

بنابراین به احترام او دوباره اتاق را ترک کرد.

Et elle a même tourné la clé dans la serrure en partant.

و حتی موقع رفتن کلید را در قفل چرخاند.

Mais elle tourna la clé très doucement et avec précaution.

اما او خیلی آرام و با دقت کلید را چرخاند.

De cette façon, seul Gregor saurait que la porte était verrouillée.

به این ترتیب فقط گرگور می‌دانست که در قفل است.

Il pouvait désormais s'installer aussi confortablement qu'il le souhaitait.

حالا می‌توانست هر طور که دلش می‌خواست خودش را راحت کند.

Les jambes de Gregor s'agitaient frénétiquement à l'heure du repas.

وقت غذا خوردن که رسید، پاهای گرگور به وزوز افتادند.

Il est à noter qu'il ne ressentait plus aucune gêne.

شایان ذکر است که او دیگر هیچ ناراحتی احساس نمی‌کرد.

Ses blessures doivent déjà être complètement guéries.

زخم‌هایش حتماً تا الان کاملاً خوب شده‌اند.

Parce qu'il ne ressentait plus ses anciens handicaps.

زیرا دیگر ناتوانی های قبلی خود را احساس نمی کرد.

Sa nouvelle capacité de guérison le surprit et l'émerveilla.

توانایی جدید او در شفابخشی، او را شگفت‌زده و مبهوت کرد.

Il y a plus d'un mois, il s'est coupé le doigt avec un couteau.

بیش از یک ماه پیش او انگشتش را با چاقو برید.

Il y a encore deux jours, cette blessure le faisait souffrir.

تا دو روز پیش، آن زخم هنوز او را آزار می‌داد.

« Suis-je beaucoup moins sensible maintenant ? » pensa-t-il.

با خودش فکر کرد: «آیا الان خیلی کمتر حساس هستم؟»

À ce moment-là, il suçait déjà goulûment le fromage.

حالا دیگر داشت با ولع پنیر را می‌مکید.

Il était plus attiré par le fromage que par les autres aliments.

او بیشتر از بقیه غذاها به پنیر علاقه داشت.

**Il mangeait rapidement un morceau de fromage après
l'autre.**

او به سرعت تکه‌های پنیر را یکی پس از دیگری خورد.

Ses yeux s'embuèrent de satisfaction à la vue de ce goût.

از طعم آن، چشمانش از رضایت اشک آلود شد.

Après le fromage, il mangea les légumes et la sauce.

بعد از پنیر، سبزیجات و سس را خورد.

Cependant, les aliments frais ne lui plaisaient pas.

با این حال، غذای تازه برایش طعم خوبی نداشت.

En fait, il ne supportait même pas l'odeur des aliments frais.

در واقع او حتی نمی‌توانست بوی غذای تازه را تحمل کند.

Il a même éloigné les autres aliments des aliments frais.

او حتی غذای دیگر را از کنار غذای تازه کشید و دور کرد.

Et il a très vite terminé la nourriture la plus comestible.

و خیلی سریع خوردنی‌ترین غذا را تمام کرد.

Tous ces mets délicieux avaient un effet soporifique sur lui.

تمام غذاهای خوشمزه تأثیر خواب‌آوری بر او داشتند.

Et il s'allongea paresseusement à l'endroit où il avait mangé.

و او با تنبلی در جایی که غذا خورده بود، دراز کشید.

Finalement, sa sœur est revenue prendre de ses nouvelles.

بالاخره خواهرش برگشت تا دوباره حالش را بپرسد.

Elle a eu la prévoyance de tourner la clé très lentement.

او این دوراندیشی را داشت که خیلی آهسته کلید را بچرخاند.

Cela a averti Gregor qu'il devait se retirer.

این به گرگور هشدار داد که باید عقب‌نشینی کند.

Étourdi et surpris, il se précipita sous le canapé.

گیج و مبهوت، با عجله به زیر مبل برگشت.

Mais rester sous le canapé n'était pas si facile cette fois-ci.

اما این بار ماندن زیر مبل چندان آسان نبود.

Son corps s'était un peu arrondi à cause de toute cette nourriture.

بدنش از شدت خوردن آن همه غذا کمی گرد شده بود.

Et il devait se retenir pour ne pas s'épuiser à nouveau.

و او مجبور بود خودش را کنترل کند که دوباره تمام نشود.

Même si la sœur n'est pas restée longtemps dans la chambre.

با اینکه خواهر زیاد در اتاق نماند.

Il avait du mal à respirer dans cet espace étroit.

زیر آن فضای تنگ به سختی نفس می‌کشید.

Mais il a surmonté ces petites crises d'étouffement.

اما او از میان حملات کوتاه خفگی جان سالم به در برد.

Les yeux exorbités, il observait les agissements de sa sœur.

با چشمانی از حدقه بیرون زده، فعالیت‌های خواهر را زیر نظر داشت.

La sœur, sans se douter de rien, a tout versé dans un seau.

خواهر بی‌خبر همه چیز را داخل سطل ریخت.

Elle s'est non seulement débarrassée de la nourriture que Gregor n'avait pas mangée, mais elle l'a fait.

او نه تنها غذاهایی را که گرگور نخورده بود دور ریخت.

Mais elle jetait aussi la nourriture qu'il n'avait pas touchée.

اما او همچنین غذایی را که او به آن دست نزده بود، دور ریخت.

Apparemment, cet aliment n'était plus comestible pour personne.

ظاهراً آن غذا دیگر برای هیچ‌کس قابل خوردن نبود.

Elle referma ensuite le seau à nourriture avec un couvercle en bois.

سپس سطل غذا را با یک درب چوبی بست.

Et avec la nourriture, le seau et la serpillière, elle est partie.

و با غذا، سطل و تی، آنجا را ترک کرد.

Gregor n'aurait pas pu attendre beaucoup plus longtemps.

گرگور نمی‌توانست بیشتر از این منتظر بماند.

Dès qu'elle fut partie, il s'échappa de sous le canapé.

به محض اینکه او رفت، او از زیر مبل فرار کرد.

Il s'étira et souffla de soulagement.

و او کش و قوسی به بدنش داد و با آسودگی نفس راحتی کشید.

C'est ainsi que Gregor recevait de la nourriture de temps à autre.

از این به بعد گرگور هر از گاهی به این شکل غذا دریافت می‌کرد.

Sa sœur lui a donné à manger une fois, tôt le matin.

خواهرش یک بار صبح زود به او غذا داد.

À cette heure-ci, les parents et la bonne dormaient encore.

در این ساعت والدین و خدمتکار هنوز خواب بودند.

Et il a reçu un deuxième repas après le déjeuner de tout le monde.

و بعد از اینکه همه ناهار خوردند، او غذای دوم را دریافت کرد.

Car à ce moment-là, les parents dormaient aussi un peu.

زیرا در آن زمان والدین نیز مدتی می‌خوابیدند.

Et la servante fut envoyée par la sœur faire une course.

و کنیز را خواهر برای انجام کاری فرستاد.

Ils n'avaient certainement aucune intention de laisser Gregor mourir de faim.

آنها مطمئناً قصد نداشتند گرگور را از گرسنگی بکشند.

Mais ils n'auraient pas voulu le regarder manger non plus.

اما آنها هم نمی‌خواستند غذا خوردن او را تماشا کنند.

Les informations fournies par la sœur étaient suffisantes.

آنچه خواهر اشاره کرد، اطلاعات کافی بود.

C'était peut-être sa façon d'épargner aux parents leur chagrin.

شاید این روش او برای رهایی والدین از غم و اندوه بود.

Ils avaient déjà suffisamment souffert de ses actes.

آنها به اندازه کافی از اعمال او رنج کشیده بودند.

Le premier jour s'estompait peu à peu dans les mémoires.

روز اول کم کم داشت به خاطره ای دور تبدیل می شد.

Gregor n'avait aucun moyen de savoir ce qui s'était passé ce jour-là.

گرگور هیچ راهی برای دانستن اینکه آن روز چه اتفاقی افتاده بود، نداشت.

Comment le serrurier a-t-il été conduit hors de l'appartement ?

کلیدساز چگونه از آپارتمان بیرون هدایت شد؟

Quelles excuses ont finalement satisfait le médecin ?

با چه بهانه‌هایی بالاخره دکتر راضی شد؟

Il n'avait trouvé aucun moyen de se faire comprendre.

او هیچ راهی برای قابل فهم کردن منظورش پیدا نکرده بود.

Il n'a même pas réussi à communiquer avec sa sœur.

او حتی نتوانسته با خواهرش ارتباط برقرار کند.

Ils en conclurent donc qu'il ne pouvait pas les comprendre.

و بنابراین آنها فکر کردند که او نمی‌تواند آنها را درک کند.

C'est pourquoi aucun effort ne fut fait pour lui parler.

و به همین دلیل هیچ تلاشی برای صحبت با او صورت نگرفت.

Sa sœur venait dans sa chambre tous les matins et à midi.

خواهرش هر روز صبح و ناهار به اتاقش می‌آمد.

Mais il devait se contenter d'entendre ses soupirs.

اما مجبور بود به شنیدن آه‌های او اکتفا کند.

Plus tard, elle s'est un peu plus habituée à la forme de Gregor.

بعداً او کمی بیشتر به هیکل گرگور عادت کرد.

Et elle se sentait un peu plus libre de faire davantage de remarques.

و او کمی آزادی بیشتر برای اظهار نظرهای بیشتر احساس کرد.

(Même si elle ne s'y habituerait jamais complètement.)

)اگرچه او هرگز کاملاً به او عادت نکرد.(

Et puis Gregor eut de nouveau l'impression qu'on lui parlait un peu plus.

و بعد گرگور دوباره احساس کرد که بیشتر با او صحبت می‌شود.

Et il a perçu ce qu'il considérait comme des commentaires amicaux.

و او متوجه نظراتی شد که آنها را دوستانه می‌دانست.

"Il a apprécié son repas aujourd'hui", ou "il a tout mangé".

«او امروز از غذایش لذت برد» یا «او همه چیز را خورد.»

Mais cela n'arrivait que lorsqu'il avait fini de manger.

اما این فقط زمانی بود که او تمام غذایش را خورده بود.

Mais récemment, cela devenait de plus en plus rare.

اما اخیراً این اتفاق کمتر و کمتر رخ می‌داد.

« Il touchait à peine à sa nourriture », disait-elle plus souvent maintenant.

حالا بیشتر می‌گفت: «به ندرت به غذایش دست می‌زد».

Et il y avait une pointe de tristesse dans sa voix à chaque fois.

و هر بار رگه‌هایی از غم در صدایش موج می‌زد.

Gregor ne pouvait entendre aucune autre nouvelle plus directement.

گرگور نمی‌توانست خبر دیگری را مستقیم‌تر از این بشنود.

Mais il a entendu beaucoup de choses se dire dans les pièces voisines.

اما او از اتاق‌های مجاور خبرهای زیادی شنید.

Lorsqu'il a entendu des voix, il a couru vers la porte correspondante.

وقتی صداهایی شنید، به سمت در مربوطه دوید.

Et il a plaqué tout son corps contre la porte pour entendre.

و تمام بدنش را به در چسباند تا بشنود.

Toutes les conversations le concernaient d'une manière ou d'une autre.

هر مکالمه‌ای به نحوی به او مربوط می‌شد.

Même lorsque le sujet semblait porter sur autre chose.

حتی وقتی به نظر می‌رسید موضوع درباره چیز دیگری است.

Cette observation était particulièrement vraie au début.

این مشاهده به ویژه در روزهای اولیه صادق بود.

À chaque repas, ils répétaient la même discussion.

در هر وعده غذایی، آنها همان بحث را تکرار می‌کردند.

Ils ne savaient toujours pas comment se comporter en sa présence.

آنها هنوز مطمئن نبودند که چگونه باید در کنار او رفتار کنند.

Mais le même sujet a également été abordé entre les repas.

اما همین موضوع بین وعده‌های غذایی نیز مورد بحث قرار گرفت.

Parce qu'il y avait toujours deux membres de la famille à la maison.

چون همیشه دو نفر از اعضای خانواده در خانه بودند.

Personne ne voulait rester seul à la maison.

هیچ‌کس نمی‌خواست تنها در خانه بماند.

Mais laisser l'appartement vide était également hors de question.

اما خالی گذاشتن آپارتمان هم غیرممکن بود.

La femme de ménage était la seule à ne pas être attachée à l'appartement.

خدمتکار تنها کسی بود که به آپارتمان وابسته نبود.

Elle avait déjà demandé à partir dès le premier jour.

او از همان روز اول درخواست رفتن کرده بود.

Elle s'est agenouillée et a supplié qu'on la renvoie.

او زانو زد و التماس کرد که او را مرخص کنند.

La famille ignorait l'étendue des connaissances de la bonne.

خانواده نمی‌دانستند که خدمتکار واقعاً چقدر می‌داند.

À ce stade, elle n'en avait pas vu plus que quiconque.

در آن مرحله، او چیزی بیشتر از هر کس دیگری ندیده بود.

Ce qui s'était passé restait un mystère pour la famille.

آنچه اتفاق افتاده بود هنوز برای خانواده یک راز بود.

Mais un quart d'heure plus tard, elle fit ses adieux.

اما یک ربع بعد، او خداحافظی کرد.

Et elle a remercié la famille, les larmes aux yeux.

و با چشمانی اشکبار از خانواده تشکر کرد.

Mais en réalité, elle les remerciait de l'avoir libérée.

اما واقعاً از آنها به خاطر آزاد کردنش تشکر کرد.

Ils semblaient lui avoir témoigné la plus grande bienveillance.

به نظر می‌رسید که آنها بیشترین لطف را به او نشان داده‌اند.

Elle a même prêté serment, sans qu'on le lui demande.

او حتی بدون اینکه از او خواسته شود، سوگند یاد کرد.

Elle a dit qu'elle ne dirait à personne ce qui s'était passé.

او گفت که به کسی نخواهد گفت چه اتفاقی افتاده است.

Désormais, la sœur devait cuisiner avec sa mère.

حالا خواهر مجبور بود به همراه مادرش آشپزی کند.

Mais ce n'était pas vraiment un inconvénient majeur.

اما این واقعاً خیلی هم دردسرساز نبود.

Parce que de toute façon, ils n'avaient presque rien mangé tous les deux.

چون آن دو تقریباً هیچ چیزی نخوردند.

Gregor surprenait sans cesse la même conversation.

گرگور بارها و بارها همان مکالمه را شنید.

L'un disait à l'autre qu'il devait manger davantage.

یکی به دیگری می‌گفت که باید بیشتر غذا بخورد.

Mais cette personne n'a reçu aucune réponse de son interlocuteur.

اما آن شخص هیچ پاسخی از آن شخص دریافت نکرد.

« Merci, j'en ai assez », ou quelque chose de similaire.

»ممنون، به اندازه کافی دارم« یا چیزی شبیه به این.

Peut-être qu'eux non plus ne buvaient plus rien.

شاید آنها هم دیگر چیزی ننوشیدند.

Sa sœur demandait souvent à son père s'il voulait de la bière.

خواهر اغلب از پدرش می‌پرسید که آیا آبجو می‌خواهد یا نه.

Et elle a proposé chaleureusement d'aller chercher la bière elle-même.

و او با گرمی پیشنهاد داد که خودش آبجو را بیاورد.

Le père gardait toujours le silence à sa demande.

پدر همیشه در برابر درخواست او سکوت می‌کرد.

La sœur devait donc trouver un moyen de dissiper tout doute.

بنابراین خواهر مجبور بود راهی پیدا کند تا هرگونه شک و تردیدی را از بین ببرد.

Et elle a dit qu'elle enverrait la bonne chercher de la bière.

و گفت که خدمتکار را می‌فرستد تا برایش آبجو بیاورد.

Mais finalement, le père a dit un grand « non » retentissant.

اما بالاخره پدر با صدای بلند و قاطعی گفت: »نه.«

Puis, on n'a plus évoqué le fait qu'il boive une bière.

سپس دیگر از موضوع آبجو خوردن او صحبتی نشد.

Il avait déjà expliqué la situation financière auparavant.

او پیش از این، وضعیت مالی را توضیح داده بود.

En fait, il a évoqué les finances dès le premier jour.

در واقع، او همان روز اول به مسائل مالی اشاره کرد.

Il leur a bien fait comprendre quelles étaient les perspectives.

او آنها را به خوبی از چشم‌اندازها آگاه کرد.

Sa propre entreprise avait fait faillite il y a environ cinq ans.

کسب و کار خودش حدود پنج سال پیش ورشکست شده بود.

De temps en temps, il se levait pour quitter la table.

هر از گاهی بلند می‌شد تا میز را ترک کند.

Et il se dirigea vers la caisse de son ancien commerce.

و به سمت صندوق مغازه قدیمی‌اش رفت.

Il avait conservé la caisse enregistreuse par sentimentalisme.

او از روی احساسات، صندوق فروشگاه را نجات داده بود.

Gregor l'entendit déverrouiller une serrure lourde et complexe.

گرگور صدای او را شنید که قفل سنگین و پیچیده‌ای را باز می‌کرد.

Et il sortit des reçus et des livres de comptes de la caisse.

و رسیدها و کتاب‌ها را از صندوق بیرون آورد.

Après avoir pris les objets, il a refermé la caisse à clé.

بعد از برداشتن اشیا، دوباره صندوق پول را قفل کرد.

Gregor n'avait entendu aucune bonne nouvelle depuis son emprisonnement.

گرگور از زمان زندانی شدنش هیچ خبر خوبی نشنیده بود.

Il pensait que l'entreprise avait ruiné son père.

او فکر می‌کرد که این تجارت، پدرش را ورشکست کرده است.

Le père avait certainement donné cette impression à Gregor.

پدر مطمئناً این تصور را در گرگور ایجاد کرده بود.

Et Gregor ne lui a plus jamais posé de questions sur les finances.

و گرگور دیگر هیچ‌وقت از او دربارهٔ امور مالی نپرسید.

Gregor voulait faire tout son possible pour aider la famille.

گرگور می‌خواست تمام تلاشش را برای کمک به خانواده انجام دهد.

Il voulait les aider à oublier leurs difficultés financières.

او می‌خواست به آنها کمک کند تا بدشانسیِ کاری‌شان را فراموش کنند.

La faillite qui a engendré un désespoir total.

ورشکستگی که ناامیدی کامل را به همراه داشت.

Il s'est donc mis à travailler avec une passion toute particulière.

بنابراین او با شور و اشتیاق بسیار خاصی شروع به کار کرد.

Il était devenu représentant de commerce itinérant presque du jour au lendemain.

او تقریباً یک شبه به یک فروشنده سیار تبدیل شده بود.

Avant cela, il n'avait travaillé que comme commis mal payé.

پیش از آن، او فقط به عنوان یک کارمند با حقوق کم کار می‌کرد.

Il avait désormais des opportunités de gains complètement différentes.

حالا او فرصت‌های درآمدزایی کاملاً متفاوتی داشت.

Les ventes réussies pouvaient être immédiatement converties en liquidités.

فروش‌های موفق می‌توانستند بلافاصله به پول نقد تبدیل شوند.

L'argent étant bien sûr versé sur ses commissions.

البته این پول از محل پورسانت‌های او پرداخت می‌شود.

Désormais, Gregor pouvait mettre de l'argent sur la table familiale.

حالا گرگور می‌توانست پولی سر سفره خانواده بگذارد.

Et ils étaient étonnés et ravis de ses gains.

و آنها از درآمد او شگفت‌زده و خوشحال شدند.

Mais ces beaux moments ne se reproduiront plus.

اما آن روزهای زیبا دیگر تکرار نخواهند شد.

Ils commençaient tout juste à s'habituer à cette période faste.

آنها تازه به این روزهای خوب عادت کرده بودند.

À chaque paie, la famille acceptait l'argent avec gratitude.

هر روز حقوق، خانواده با سپاسگزاری پول را می‌پذیرفتند.

Et Gregor était tout aussi heureux de remettre l'argent.

و گرگور به همان اندازه از دادن پول خوشحال بود.

Mais la chaleureuse affection qu'elle suscitait en retour s'est peu à peu éteinte.

اما محبت گرمی که در عوض به او داده می‌شد، کم‌کم از بین رفت.

Seule sa sœur restait aussi proche de Gregor qu'auparavant.

فقط خواهرش مثل قبل به گرگور نزدیک ماند.

Elle, contrairement à Gregor, avait une profonde appréciation pour la musique.

او، برخلاف گرگور، علاقه‌ی عمیقی به موسیقی داشت.

Et elle savait jouer du violon d'une manière très touchante.

و او می‌دانست که چگونه ویولن را بسیار تأثیرگذار بنوازد.

Gregor avait secrètement prévu de l'envoyer dans une école de musique.

گرگور مخفیانه قصد داشت او را به مدرسه موسیقی بفرستد.

Il n'avait pas encore décidé comment il réglerait les dépenses.

او هنوز تصمیم نگرفته بود که چگونه هزینه‌ها را پرداخت کند.

Mais d'une manière ou d'une autre, il couvrirait les frais.

اما به هر طریقی که بود، هزینه‌ها را پوشش می‌داد.

De temps en temps, Gregor et sa famille partaient en courts séjours.

گرگور و خانواده‌اش گاهی اوقات با شلوارک به سفرهای تفریحی می‌رفتند.

Gregor et sa sœur abordaient souvent ce sujet.

گرگور و خواهر اغلب این موضوع را مطرح می‌کردند.

Mais cela n'a jamais été évoqué que comme une idée merveilleuse.

اما فقط به عنوان یک ایده فوق‌العاده از آن یاد می‌شد.

Ils ne croyaient pas vraiment que ce rêve puisse se réaliser.

آنها واقعاً باور نداشتند که این رویا می‌تواند محقق شود.

Et les parents n'appréciaient pas de telles ambitions fantaisistes.

و والدین چنین جاه‌طلبی‌های خیال‌پردازانه‌ای را دوست نداشتند.

Même lorsque le sujet a été abordé de manière tout à fait innocente.

حتی وقتی که موضوع خیلی معصومانه مطرح شد.

Mais Gregor continuait de penser à l'école de musique.

اما گرگور همچنان به مدرسه موسیقی فکر می‌کرد.

Et il prévoyait d'annoncer le cadeau la veille de Noël.

و او قصد داشت هدیه را در شب کریسمس اعلام کند.

Bien sûr, dans son état actuel, ce serait impossible.

البته در شرایط فعلی او این غیرممکن خواهد بود.

Mais ce genre de pensées lui traversait l'esprit.

اما چنین افکاری از سرش می‌گذشت.

Et telles étaient les pensées qui lui traversaient l'esprit en écoutant sa famille.

و او هنگام گوش دادن به صحبت‌های خانواده، چنین افکاری در سر داشت.

Parfois, il était trop fatigué pour continuer à les écouter.

بعضی وقت‌ها آنقدر خسته می‌شد که دیگر نمی‌توانست به حرف‌هایشان گوش دهد.

Sa tête s'est affaissée contre la porte, rongée par la fatigue.

از خستگی سرش به در تکیه داده بود.

Mais il appuya aussitôt de nouveau sa tête contre la porte.

اما بلافاصله دوباره سرش را به در تکیه داد.

Car même le moindre bruit s'entendait à l'extérieur.

چون حتی کوچکترین صدایی هم از بیرون شنیده می‌شد.

Et le moindre bruit qu'il faisait plongeait la famille dans le silence.

و هر صدایی که او ایجاد می‌کرد، خانواده را ساکت می‌کرد.

« Que fait-il maintenant ? » demanda le père à sa famille.

پدر از خانواده پرسید: «الان دارد چه کار می‌کند؟»

Il alla à la porte pour vérifier d'où venait le bruit.

و به سمت در رفت تا ببیند صدا از چیست.

Puis la conversation interrompue a repris progressivement.

و سپس مکالمه قطع شده به تدریج از سر گرفته شد.

Mais les paroles du père ont agréablement surpris tout le monde.

اما آنچه پدر با اطمینان گفت همه را شگفت زده کرد.

Gregor apprit alors la véritable situation financière.

گرگور حالا از وضعیت واقعی امور مالی باخبر شده بود.

Malgré tous ces malheurs, il y a eu aussi un peu de chance.

با وجود همه بدشانسی‌ها، کمی هم خوش‌شانسی وجود داشت.

Une petite fortune d'antan était encore là.

هنوز ثروت بسیار کمی از روزگار قدیم آنجا بود.

Le père a expliqué les choses, mais a dû se répéter.

پدر چیزهایی را توضیح داد، اما مجبور شد حرف‌هایش را تکرار کند.

Parce qu'il ne s'était pas occupé de ces choses depuis un certain temps.

چون مدتی بود که به این چیزها نپرداخته بود.

Et parce que la mère ne comprenait pas de telles choses.

و چون مادر چنین چیزهایی را نمی‌فهمید.

Les taux d'intérêt de la banque avaient légèrement augmenté.

نرخ بهره بانکی کمی افزایش یافته بود.

L'argent non utilisé avait augmenté plus que prévu.

پول دست نخورده بیش از حد انتظار افزایش یافته بود.

De plus, Gregor leur avait toujours donné ses économies.

علاوه بر این، گرگور همیشه پس‌اندازش را به آنها داده بود.

Il n'avait jamais gardé que quelques florins pour lui-même.

او تا به حال فقط چند گیلدر برای خودش نگه داشته بود.

Et son argent n'avait pas été entièrement dépensé.

و پولش هم کاملاً تمام نشده بود.

Ensemble, ces sommes avaient constitué un petit capital.

این پول روی هم رفته سرمایه کوچکی را تشکیل داده بود.

Gregor, derrière sa porte, hocha la tête avec enthousiasme à la nouvelle.

گرگور، پشت در اتاقش، با اشتیاق به خبرها سر تکان داد.

Il était ravi de cette prudence et de cette frugalité inattendues.

او از این احتیاط و صرفه جویی غیرمنتظره خوشحال شد.

Les fonds excédentaires auraient pu servir à rembourser la dette.

می‌توانستند از وجوه مازاد برای پرداخت بدهی استفاده کنند.

Ils n'auraient alors plus rien dû au patron.

آنوقت دیگر هیچ بدهی به رئیس نداشتند.

Et Gregor aurait pu changer d'emploi bien plus tôt.

و گرگور می‌توانست خیلی زودتر به شغل جدیدی نقل مکان کند.

Mais la façon dont le père s'y était pris était bien meilleure maintenant.

اما روشی که پدر ترتیب داده بود، حالا خیلی بهتر شده بود.

L'argent ne suffisait pas tout à fait pour vivre des intérêts.

پول آنقدر نبود که بشود با بهره‌اش زندگی کرد.

Et il a fallu mettre de l'argent de côté pour les urgences.

و مقداری پول باید برای مواقع اضطراری کنار گذاشته می‌شد.

Cela n'aurait suffi que pour un an ou deux.

این پول فقط برای یک یا دو سال کافی بود.

Cela signifiait que quelqu'un devait gagner de l'argent pour qu'ils puissent vivre.

این به این معنی بود که کسی باید برای گذران زندگی پول درمی‌آورد.

Le père n'était pas malade et il était assez fort.

پدر بیمار نبود و به اندازه کافی قوی بود.

Mais il était sans emploi depuis plus de cinq ans.

اما او بیش از پنج سال بیکار بود.

Et, du fait de son âge, il lui restait peu de confiance en lui.

و به دلیل سنش، اعتماد به نفس کمی برایش باقی مانده بود.

Il avait également pris beaucoup de poids ces derniers temps.

او همچنین در این اواخر وزن زیادی اضافه کرده بود.

Sa vie avait toujours été ardue et infructueuse.

زندگی او همیشه پر از سختی و شکست بود.

Et c'étaient les premières vacances qu'il ait jamais prises.

و این اولین تعطیلاتی بود که او تا به حال داشته است.

Et, faute d'être occupé, il était devenu assez maladroit.

و بدون اینکه کسی او را مشغول نگه دارد، کاملاً دست و پا چلفتی شده بود.

Ne serait-il pas préférable que la vieille mère gagne l'argent ?

آیا بهتر است که مادر پیر پول را به دست آورد؟

La vieille mère qui souffrait d'asthme.

مادر پیری که از آسم رنج می‌برد.

La vieille mère qui peinait à monter les escaliers.

مادر پیری که به سختی از پله‌ها بالا می‌رفت.

La vieille mère qui passait son temps allongée sur le canapé.

مادر پیری که وقتش را روی مبل دراز می‌کشید.

La vieille mère qui préférait rester près de la fenêtre.

مادر پیری که ترجیح می‌داد کنار پنجره بماند.

Pour qu'elle puisse reprendre son souffle quand elle en aurait besoin.

تا بتواند در مواقع لزوم نفس تازه کند.

Ne serait-il pas préférable que ce soit la jeune sœur qui gagne l'argent ?

آیا بهتر است که خواهر جوان پول را به دست آورد؟

La sœur, qui à dix-sept ans n'était encore qu'une enfant.

خواهری که در هفده سالگی، هنوز کودکی بیش نبود.

La sœur qui ne connaissait que quelques modestes plaisirs.

خواهری که فقط چند لذت کوچک داشت.

La sœur qui aimait surtout jouer du violon.

خواهری که عمداً از نواختن ویولن لذت می‌برد.

Elle savait que son mode de vie antérieur était très enviable ;

او می‌دانست که شیوه‌ی زندگی قبلی‌اش بسیار رشک‌برانگیز بوده است؛

Bien s'habiller, faire la grasse matinée, aider à la maison.

لباس خوب پوشیدن، تا دیروقت بیدار ماندن، کمک کردن در کارهای خانه.

La conversation tournait souvent autour de la nécessité de gagner de l'argent.

مکالمه اغلب به نیاز به کسب درآمد می‌کشید.

Gregor était toujours le premier à lâcher la porte.

گرگور همیشه اولین کسی بود که در را رها می‌کرد.

Cette conversation l'avait rempli de honte et de chagrin.

این گفتگو او را از شرم و اندوه داغ کرد.

Il se laissa donc tomber sur le canapé en cuir qui refroidissait.

بنابراین خودش را روی مبل چرمی خنک انداخت.

Et il passait souvent le reste de la nuit sur le canapé.

و او اغلب بقیه شب را روی مبل می‌گذراند.

Il ne dormait jamais vraiment sur le canapé, ni la nuit.

او هیچ‌وقت واقعاً روی مبل نمی‌خوابید، و شب‌ها هم نمی‌خوابید.

Souvent, il se contentait de gratter le cuir pendant des heures.

اغلب او ساعت‌ها بی‌وقفه چرم را می‌خاراند.

D'autres fois, il poussait le fauteuil jusqu'à la fenêtre.

بعضی وقت‌ها هم صندلی راحتی را تا کنار پنجره هل می‌داد.

Cela a nécessité à lui seul beaucoup d'efforts de sa part.

این به تنهایی مستلزم تلاش زیادی از جانب او بود.

Le fauteuil l'a aidé à ramper jusqu'au rebord de la fenêtre.

صندلی راحتی به او کمک کرد تا روی لبه پنجره بخزد.

Et de là, il put s'appuyer contre la fenêtre.

و از آنجا توانست به پنجره تکیه دهد.

Il éprouvait un grand sentiment de liberté en faisant cela.

او با انجام این کار احساس آزادی زیادی می‌کرد.

Peut-être recherchait-il une sensation de liberté d'antan.

شاید او دنبال یک حس رهایی‌بخش قدیمی می‌گشت.

Mais sa vue n'était plus aussi perçante qu'avant.

اما دیدش دیگر مثل سابق تیز نبود.

Les objets situés à une certaine distance étaient flous et indistincts.

چیزهایی که در فاصله کمی بودند، تار و نامشخص بودند.

Il ne pouvait plus voir l'hôpital de l'autre côté de la rue.

دیگر نمی‌توانست بیمارستان آن طرف خیابان را ببیند.

Avant, il maudissait le paysage, maintenant il voulait le voir.

پیش از این منظره را نفرین کرده بود، حالا می‌خواست آن را ببیند.

Il savait qu'il habitait dans la paisible Charlottenstrasse, en pleine ville.

او می‌دانست که در خیابان شارلوتن، خیابان آرام و شهری، زندگی می‌کند.

Mais il a peut-être cru qu'il regardait vers le désert.

اما شاید فکر می‌کرد که دارد به بیابان نگاه می‌کند.

Un désert où le ciel gris et la terre grise se confondaient.

سرزمین بایری که آسمان خاکستری و زمین خاکستری در آن به هم می‌پیوستند.

La sœur attentive remarqua à deux reprises que la chaise avait bougé.

خواهرِ هوشیار دو بار متوجه شد که صندلی تکان خورده است.

Après avoir rangé, elle a repoussé la chaise vers la fenêtre.

بعد از مرتب کردن، صندلی را به سمت پنجره هل داد.

Et désormais, elle laissait même la fenêtre ouverte.

و از حالا به بعد او حتی کرکره پنجره را هم باز گذاشت.

Gregor aurait vraiment souhaité pouvoir parler à sa sœur.

گرگور واقعاً آرزو می‌کرد که می‌توانست با خواهرش صحبت کند.

Il voulait la remercier pour tout ce qu'elle avait fait pour lui.

دلش می‌خواست از او به خاطر تمام کارهایی که برایش انجام داده بود تشکر کند.

Il aurait alors plus facilement toléré leurs services.

آنگاه او راحت‌تر می‌توانست خدمات آنها را تحمل کند.

Mais en l'état actuel des choses, il souffrait de son aide.

اما در هر صورت، او از کمک او رنج می‌برد.

La sœur, bien sûr, a tenté de dissimuler la gêne.

خواهر، البته، سعی کرد خجالت را کمرنگ کند.

Et elle faisait de son mieux pour feindre de ne pas se sentir accablée.

و او تمام تلاشش را کرد تا وانمود کند که بار مسئولیتی را احساس نمی‌کند.

Bien sûr, c'est quelque chose qu'elle devait d'abord pratiquer.

البته این چیزی است که او ابتدا باید تمرین می‌کرد.

Et plus le temps passait, plus elle devenait douée.

و هر چه زمان بیشتر می‌گذشت، او در این کار بهتر می‌شد.

Mais Gregor eut également plus de temps pour constater sa supercherie.

اما به گرگور زمان بیشتری هم داده شد تا تظاهر او را ببیند.

Même son entrée dans sa chambre était une épreuve pour lui.

حتی ورود او به اتاقش برای او یک مصیبت بود.

Dès qu'elle est entrée, elle a couru directement vers la fenêtre.

به محض اینکه وارد شد، مستقیم به سمت پنجره دوید.

Elle n'a même pas pris le temps de fermer la porte.

حتی وقت نکرد در را ببندد.

Normalement, elle épargnait à tout le monde la vue de la chambre de Gregor.

معمولاً او همه را از دیدن اتاق گرگور معاف می‌کرد.

Et elle ouvrit brusquement la fenêtre d'un geste rapide.

و با دستانی عجولانه پنجره را به زور باز کرد.

Puis elle reprit sa respiration comme si elle avait suffoqué.

سپس دوباره نفس کشید، انگار که داشت خفه می‌شد.

L'air qui entrait était froid, et elle respira profondément.

هوای ورودی سرد بود و او نفس عمیقی کشید.

Mais elle resta néanmoins un moment près de la fenêtre.

اما با این وجود، او مدتی کنار پنجره ماند.

Elle effrayait Gregor deux fois par jour avec ce rituel.

او با این کار، روزی دو بار گرگور را می‌ترساند.

Pendant qu'elle était dans la pièce, il tremblait sous le canapé.

در حالی که او در اتاق بود، مرد زیر مبل می‌لرزید.

Il savait qu'elle aurait aimé lui épargner cette épreuve.

او می‌دانست که او دوست دارد او را از این مصیبت نجات دهد.

Mais elle ne pouvait pas rester dans la pièce avec la fenêtre fermée.

اما او نمی‌توانست در اتاقی باشد که پنجره‌اش بسته است.

Il y a eu une fois où elle est arrivée un peu plus tôt.

یک بار بود که او کمی زودتر آمد.

Probablement environ un mois après la transformation de Gregor.

احتمالاً حدود یک ماه پس از تحول گرگور.

Elle s'était plus ou moins habituée à sa nouvelle apparence.

او تا حدودی به ظاهر جدیدش عادت کرده بود.

Elle n'avait donc plus aucune raison d'être particulièrement choquée.

بنابراین او دیگر دلیلی برای شوکه شدن نداشت.

Elle le trouva toujours immobile, le regard fixé par la fenêtre.

او را دید که هنوز بی‌حرکت به بیرون پنجره خیره شده است.

Il se trouvait dans le pire endroit où il aurait pu être.

او در وحشتناک‌ترین جایی که می‌توانست باشد، قرار داشت.

Il n'aurait pas été surpris si elle n'était pas entrée.

اگر او وارد نشده بود، تعجب نمی‌کرد.

Il l'empêcha d'ouvrir la fenêtre.

جایی که او مانع از باز کردن پنجره توسط او شد.

Elle quitta rapidement la pièce et ferma la porte.

دوباره سریع از اتاق بیرون رفت و در را بست.

Un étranger aurait pu tirer toutes sortes de conclusions.

یک غریبه می‌توانست به انواع و اقسام نتیجه‌گیری‌ها برسد.

Peut-être attendait-il simplement l'occasion de la mordre.

شاید او فقط منتظر فرصتی بود تا او را گاز بگیرد.

Gregor, bien sûr, s'est immédiatement caché sous le canapé.

گرگور، البته، بلافاصله زیر مبل پنهان شد.

Mais il dut attendre midi pour que sa sœur revienne.

اما مجبور بود تا ظهر منتظر بماند تا خواهرش برگردد.

Et elle semblait beaucoup plus agitée que d'habitude.

و او خیلی بی‌قرارتر از همیشه به نظر می‌رسید.

Il réalisa que sa vue lui était encore insupportable.

متوجه شد که دیدن او هنوز هم برایش غیرقابل تحمل است.

Sa vue allait lui rester insupportable.

دیدن او برایش غیرقابل تحمل باقی می‌ماند.

**Elle ne pouvait probablement pas supporter de le voir,
même partiellement.**

احتمالاً تحمل دیدن هیچ قسمتی از او را نداشت.

Une petite partie dépassait toujours de sous le canapé.

همیشه یک قسمت کوچک از زیر مبل بیرون زده بود.

Un jour, il transporta un drap sur son dos jusqu'au canapé.

یک روز او یک ملحفه را روی پشتش تا روی مبل حمل کرد.

Il voulait lui épargner de voir quoi que ce soit de lui.

می‌خواست کاری کند که او هیچ قسمتی از وجودش را نبیند.

Il arrangea le drap de façon à ce qu'il soit entièrement caché.

او ملحفه را طوری مرتب کرد که تمام بدنش پنهان بماند.

Même si elle se baissait, elle ne pourrait pas le voir.

حتی اگر خم می‌شد، نمی‌توانست او را ببیند.

L'opération a pris à Gregor plus de trois heures.

کل این تلاش بیش از سه ساعت برای گرگور طول کشید.

Elle a peut-être pensé que le drap était inutile.

شاید فکر می‌کرد که ملحفه غیرضروری است.

Elle aurait su qu'il ne voulait pas du drap.

او حتماً می‌دانست که او ملحفه را نمی‌خواهد.

Il le faisait pour son confort, et non pour lui-même.

او این کار را برای راحتی او انجام می‌داد، نه برای خودش.

Et elle aurait pu enlever le drap si elle l'avait voulu.

و اگر می‌خواست می‌توانست ملحفه را کنار بزند.

Mais elle laissa le drap là où Gregor l'avait mis.

اما ملافه را همان جایی که گرگور گذاشته بود، گذاشت.

Et Gregor crut même avoir aperçu un regard reconnaissant.

و گرگور حتی فکر کرد که نگاه سپاسگزاری را دیده است.

Il avait doucement soulevé le drap avec sa tête.

او به آرامی با سرش ملافه را بالا زده بود.

Il voulait savoir si sa sœur appréciait cet arrangement.

او می‌خواست ببیند که آیا خواهرش از این چیدمان خوشش آمده است یا نه.

Les deux premières semaines ont été les plus difficiles pour les parents.

دو هفته اول برای والدین سخت‌ترین بود.

Ils n'ont pas eu le courage d'entrer et de le voir.

آنها نتوانستند خود را راضی کنند که به داخل بیایند و او را ببینند.

Il a surpris plusieurs de leurs conversations à cette époque.

او در این زمان بسیاری از مکالمات آنها را شنید.

Ils ont pleinement reconnu tout ce que faisait la sœur.

آنها کاملاً هر کاری که خواهر انجام می‌داد را تصدیق کردند.

Même s'ils étaient souvent agacés par elle.

با اینکه قبلاً اغلب از او دلخور بودند.

Parce qu'elle semblait être une fille un peu inutile.

چون به نظر می‌رسید که او دختر بی‌فایده‌ای است.

C'étaient maintenant eux qui attendaient de l'autre côté de la pièce.

حالا آنها بودند که در آن سوی اتاق منتظر بودند.

Et c'est elle qui est entrée dans la pièce pour tout faire.

و این او بود که برای انجام همه کارها وارد اتاق شد.

Dès qu'elle est sortie, ils ont voulu tout savoir.

به محض اینکه او بیرون آمد، آنها می‌خواستند همه چیز را بدانند.

Elle a dû leur décrire précisément l'aspect de la pièce.

او مجبور بود دقیقاً به آنها بگوید اتاق چه شکلی است.

« Qu'est-ce que Gregor a mangé ? Comment s'est-il comporté cette fois-ci ? »

«گرگور چی خورد؟ این دفعه چه رفتاری داشت؟»

«Y avait-il peut-être une légère amélioration à constater ?»

«شاید کمی پیشرفت محسوس بود؟»

La mère, d'ailleurs, était en réalité plus courageuse.

اتفاقاً، مادر واقعاً شجاع‌تر بود.

Et bien sûr, c'était son propre fils qui se trouvait dans la pièce.

و البته پسر خودش هم داخل اتاق بود.

Elle souhaitait en fait rendre visite à Gregor assez rapidement.

او در واقع می‌خواست نسبتاً زود گرگور را ببیند.

Mais au départ, son père et sa sœur l'ont retenue.

اما پدر و خواهر در ابتدا مانع او شدند.

Ils ont avancé des arguments très rationnels pour qu'elle n'y aille pas.

آنها استدلال‌های بسیار منطقی‌ای برای نرفتن او آوردند.

Gregor écouta très attentivement leur raisonnement.

گرگور با دقت فراوان به استدلال آنها گوش داد.

Et il acceptait ce raisonnement autant que sa mère.

و او هم مثل مادرش این استدلال را پذیرفت.

Plus tard, cependant, il a fallu la retenir par la force.

اما بعداً مجبور شدند او را به زور عقب نگه دارند.

«Laissez-moi entrer voir Gregor, c'est mon malheureux fils !»

»بگذار بروم داخل، پیش گرگور، او پسر نگون بخت من است«!

« Tu ne comprends pas que je dois aller le voir ? »

»مگر نمی‌فهمی که باید بروم او را ببینم؟«

Gregor fut également convaincu par les arguments de sa mère.

گرگور هم با استدلال‌های مادرش قانع شد.

Peut-être avait-elle raison ; ce serait bien qu'elle vienne.

شاید حق با او بود؛ خوب می‌شد اگر او می‌آمد داخل.

Le voir tous les jours serait beaucoup trop lourd.

هر روز دیدنش خیلی زیاده‌روی خواهد بود.

Mais le voir une fois par semaine suffirait peut-être.

اما شاید هفته‌ای یک بار دیدنش کافی باشد.

Elle pourrait comprendre les choses bien mieux que sa sœur.

او ممکن است مسائل را خیلی بهتر از خواهرش درک کند.

Malgré tout son courage, elle n'était encore qu'une enfant.

با وجود تمام شجاعتش، او هنوز فقط یک کودک بود.

Peut-être une insouciance enfantine l'a-t-elle poussée à entreprendre cette tâche.

شاید بی‌احتیاطی کودکانه باعث شد که او این وظیفه را به عهده بگیرد.

Mais le souhait de Gregor de revoir sa mère se réalisa bientôt.

اما آرزوی گرگور برای دیدن مادرش خیلی زود محقق شد.

Durant la journée, Gregor se tenait à l'écart de la fenêtre.

گرگور در طول روز از پنجره فاصله می‌گرفت.

Il a agi ainsi par égard pour ses parents.

او این کار را به خاطر احترام به والدینش انجام داد.

Il n'avait pas beaucoup de place pour ramper sur le sol.

او فضای زیادی برای خزیدن روی زمین نداشت.

Il avait du mal à rester immobile pendant la nuit.

برایش سخت بود که شب‌ها بی‌حرکت دراز بکشد.

Manger ne lui procurait plus le moindre plaisir.

دیگر غذا خوردن کوچکترین لذتی برایش نداشت.

Bien sûr, il devait trouver un moyen de se distraire.

البته او باید راهی برای پرت کردن حواسش پیدا می‌کرد.

Pour se divertir, il grimpait et descendait les murs.

برای سرگرم کردن خودش، از دیوارها بالا و پایین می‌خزید.

Et il rampait aussi le long du plafond, la tête en bas.

و او همچنین در امتداد سقف، بالا و پایین، سینه خیز رفت.

Il était particulièrement heureux lorsqu'il était suspendu au plafond.

او مخصوصاً وقتی از سقف آویزان می‌شد، خیلی خوشحال بود.

C'était complètement différent de s'allonger par terre.

کاملاً با دراز کشیدن روی زمین فرق داشت.

Il trouvait qu'il respirait beaucoup plus facilement dans cette position.

او متوجه شد که در این حالت نفس کشیدن برایش بسیار آسان‌تر است.

Une légère mais agréable vibration parcourut son corps.

لرزشی خفیف اما دلپذیر از بدنش گذشت.

Parfois, il se laissait même trop aller à son bonheur.

گاهی اوقات او حتی بیش از حد در شادی خود غرق می‌شد.

Il lui arrivait d'être distrait et de lâcher prise du plafond.

او گاهی حواسش پرت می‌شد و سقف را رها می‌کرد.

Et à sa propre surprise, il atterrit de nouveau sur le sol.

و در کمال تعجب خودش دوباره روی زمین فرود آمد.

Mais il maîtrisait bien mieux son corps qu'auparavant.

اما او کنترل بدنش را خیلی بهتر از قبل در دست داشت.

Ainsi, il ne se blessait plus lors de chutes aussi importantes.

بنابراین او حالا از چنین سقوط‌های بزرگی آسیبی ندیده بود.

Sa sœur remarqua immédiatement le nouveau plaisir de Gregor.

خواهر فوراً متوجه لذت جدید گرگور شد.

Et on retrouvait des traces de colle là où il avait rampé.

و ردی از چسب در جایی که او خزیده بود، دیده می‌شد.

Là encore, la sœur pensa au bien-être de Gregor.

اینجا دوباره خواهر به سلامتی گرگور فکر کرد.

Il apprécierait peut-être d'avoir plus d'espace pour ramper.

شاید او قدردان فضای بیشتر برای خزیدن باشد.

Et l'idée s'est fermement ancrée dans son esprit.

و این ایده کاملاً در ذهن او تثبیت شد.

Certains meubles volumineux entravaient sa liberté de mouvement.

بعضی از اثاثیه بزرگ مانع از حرکت آزادانه او می‌شدند.

Il ne travaillait plus, il n'avait donc plus besoin du bureau.

او دیگر کار نمی‌کرد، بنابراین نیازی به میز نداشت.

Et la boîte prenait plus de place que nécessaire. ***

و جعبه هم فضای بیشتری از آنچه لازم بود اشغال کرد***.

La sœur n'était pas en mesure de déplacer ces choses seule.

خواهر به تنهایی قادر به جابجایی این وسایل نبود.

Bien sûr, elle n'osait pas demander de l'aide à son père.

البته او جرات نکرد از پدرش کمک بخواهد.

La bonne ne l'aurait certainement pas aidée non plus.

آن خدمتکار هم مطمئناً به او کمکی نمی‌کرد.

La nouvelle femme de ménage était en réalité un an plus jeune qu'elle.

خدمتکار جدید در واقع یک سال از او کوچکتر بود.

Elle avait courageusement endossé le rôle de l'ancienne bonne.

او شجاعانه نقش خدمتکار سابق را بر عهده گرفته بود.

Mais il y avait un privilège auquel elle tenait absolument.

اما یک امتیاز وجود داشت که او اصرار داشت از آن برخوردار باشد.

Elle voulait que la cuisine reste verrouillée en permanence.

دلش می‌خواست آشپزخانه همیشه قفل باشد.

La sœur n'avait donc pas d'autre choix que de demander à sa mère.

بنابراین خواهر چاره‌ای جز پرسیدن از مادرش نداشت.

La mère est venue à son secours en poussant des cris de joie.

مادر با فریادهای شادی و هیجان برای کمک به سمتش آمد.

Mais elle se tut devant la porte de la chambre de Gregor.

اما او در آستانه‌ی در اتاق گرگور ساکت شد.

La sœur a vérifié que tout était en ordre dans la chambre.

خواهر بررسی کرد که آیا همه چیز در اتاق خوب است یا خیر.

Gregor avait tiré précipitamment encore plus fort sur le drap.

گرگور با عجله ملحفه را محکم‌تر به دور خود پیچیده بود.

Bien que le drap-housse paraisse encore disposé au hasard.

اگرچه ملحفه هنوز هم به نظر نامنظم چیده شده بود.

Et ce n'est qu'alors qu'elle laissa sa mère entrer dans la pièce.

و تنها پس از آن اجازه داد مادرش وارد اتاق شود.

Gregor s'abstint également d'espionner sous le drap.

گرگور همچنین از جاسوسی از زیر ملحفه خودداری کرد.

Il a décidé de ne pas voir sa mère cette fois-ci.

او تصمیم گرفت این بار از دیدن مادرش صرف نظر کند.

Gregor était déjà content qu'elle soit venue.

گرگور از اینکه او اصلاً آمده بود، به اندازه کافی خوشحال بود.

«Entrez, vous ne pouvez pas le voir», dit la sœur.

خواهر گفت: «بیا تو، نمی‌توانی او را ببینی».

Gregor supposa qu'elle tenait sa mère par la main.

گرگور فرض کرد که او مادرش را با دست هدایت می‌کند.

Puis il entendit les deux femmes, faibles, déplacer les meubles.

سپس صدای دو زن ضعیف را شنید که داشتند اثاثیه را جابه‌جا می‌کردند.

La sœur semblait s'attribuer la majeure partie du travail.

به نظر می‌رسید خواهر بیشتر کارها را برای خودش انجام می‌دهد.

Sa mère craignait qu'elle ne s'épuise.

مادرش می‌ترسید که او بیش از حد به خودش فشار بیاورد.

Mais la sœur n'a prêté aucune attention à ces avertissements.

اما خواهر به این هشدارها توجهی نکرد.

Mais même après quinze minutes, les progrès étaient très lents.

اما حتی بعد از پانزده دقیقه هم پیشرفت خیلی کند بود.

Ils n'avaient pas réussi à déplacer les meubles très loin.

آنها نتوانسته بودند اثاثیه را خیلی جابجا کنند.

Ils commençaient lentement à ressentir un sentiment de défaite.

کم کم داشتند حس شکست را تجربه می‌کردند.

La mère fut la première à reconnaître l'inutilité de la démarche.

مادر اولین کسی بود که به بیهودگی این کار اعتراف کرد.

« Il vaudrait peut-être mieux laisser la boîte ici. »

«شاید بهتر باشد جعبه را اینجا بگذاریم».

« Le carton est trop lourd pour que nous puissions le déplacer plus loin. »

«جعبه خیلی سنگین است و نمی‌توانیم خیلی جلوتر برویم».

« Et nous n'aurons pas terminé avant l'arrivée de votre père. »

»و ما تا قبل از رسیدن پدرت کار را تمام نمی‌کنیم«.

« Laisser la boîte ici lui barrerait encore plus le passage. »

»گذاشتن جعبه اینجا، راهش را بیشتر مسدود می‌کرد«.

« Et pouvons-nous être sûrs de lui rendre service ? »

»و آیا می‌توانیم مطمئن باشیم که داریم به او لطف می‌کنیم؟«

Ils commencèrent à penser que le contraire pourrait bien être vrai.

آنها شروع به فکر کردن کردند که ممکن است عکس این قضیه صادق باشد.

La vue du mur vide lui pesait lourdement sur le cœur.

دیدن دیوار خالی دلش را به درد آورد.

Qui nous dit que Gregor ne ressentirait pas la même chose ?

چی میشه گفت که گرگور هم همچین احساسی نخواهد داشت؟

«Il est déjà habitué aux meubles de sa chambre.»

او از قبل به مبلمان اتاقش عادت کرده است.

«Il pourrait se sentir encore plus abandonné dans une pièce vide.»

او ممکن است در یک اتاق خالی حتی بیشتر احساس رها شدن کند.

À ce moment-là, sa voix s'était presque réduite à un murmure.

حالا دیگر صدایش تقریباً به زمزمه‌ای تبدیل شده بود.

Elle ignorait en réalité où se trouvait exactement Gregor.

او در واقع محل دقیق گرگور را نمی‌دانست.

Elle ne voulait même pas qu'il entende sa voix.

دلش نمی‌خواست حتی صدایش را هم بشنود.

Bien qu'elle fût certaine qu'il ne la comprenait pas.

اگرچه مطمئن بود که او را درک نمی‌کند.

« N'aurait-on pas l'impression de l'avoir complètement abandonné ? »

»به نظر نمی‌رسد که ما کاملاً از او ناامید شده‌ایم؟«

«N'aura-t-il pas l'impression qu'on le laisse se débrouiller seul ?»

«آیا احساس نخواهد کرد که او را به حال خود رها کرده‌ایم تا تنها با این شرایط کنار بیاید؟»

«Nous devrions laisser la pièce exactement comme elle était.»

«ما باید اتاق را دقیقاً به همان شکلی که بود، ترک کنیم».

« Gregor finira par nous revenir comme avant. »

«سرانجام گرگور همانطور که بود، پیش ما باز خواهد گشت».

«Alors il constatera que tout est encore à sa place.»

«آنگاه او خواهد دید که همه چیز هنوز سر جای خودش است».

« Et il oubliera beaucoup plus facilement la période intermédiaire. »

و او دوره موقت را خیلی راحت‌تر فراموش خواهد کرد».

En entendant ces mots, Gregor réalisa quelque chose.

وقتی گرگور این حرف‌ها را شنید، متوجه چیزی شد.

Son esprit était devenu confus au cours des deux derniers mois.

ذهنش در طول دو ماه گذشته آشفته شده بود.

Le manque d'interactions humaines ne lui avait pas fait de bien.

فقدان تعامل انسانی برای او خوب نبود.

Il avait vraiment besoin de la vie monotone au sein de sa famille.

او واقعاً به زندگی یکنواخت در میان خانواده‌اش نیاز داشت.

Pourquoi aurait-il formulé une demande aussi absurde autrement ?

وگرنه چرا باید چنین درخواست بی‌معنی و بی‌معنی‌ای را مطرح می‌کرد؟

Quel sens pouvait-il y avoir à vider sa chambre ?

چه دلیلی برای خالی کردن اتاقش وجود داشت؟

La chambre confortable est meublée de meubles hérités.

اتاق راحت با مبلمان موروثی مبله شده بود.

Pourquoi voudrait-il transformer cette chaleur familière en une grotte ?

چرا او باید بخواهد این گرمای آشنا را به یک غار تبدیل کند؟

Une grotte où il pouvait ramper en toute tranquillité dans toutes les directions.

غاری که می‌توانست در آن با آرامش به هر سو بخزد.

Mais une grotte où il oublia rapidement son passé humain.

اما غاری که در آن به سرعت گذشته انسانی خود را فراموش کرد.

Il se demandait s'il était déjà sur le point d'oublier.

باید فکر می‌کرد که آیا همین الان هم به فراموشی نزدیک شده است یا نه.

La voix de sa mère l'avait secoué et lui avait fait se souvenir.

صدای مادرش او را به یاد گذشته انداخت.

La voix qu'il n'avait pas entendue depuis si longtemps.

صدایی که مدت‌ها بود نشنیده بود.

Il ne fallait rien enlever ; tout devait rester.

هیچ چیز نباید حذف می‌شد؛ همه چیز باید سر جایش می‌ماند.

Le mobilier a eu un effet positif sur son état.

مبلمان تأثیر مثبتی بر وضعیت او گذاشت.

Et il ne pouvait pas s'en sortir sans ce lien avec le passé.

و او نمی‌توانست بدون این تکیه‌گاه به گذشته کنار بیاید.

Les meubles l'empêchaient de ramper sans but.

اثاثیه مانع از خزیدن بی‌هدف او می‌شد.

Mais ce n'était pas une perte ; c'était au contraire un grand avantage.

اما این ضرر نبود؛ بلکه یک مزیت بزرگ بود.

Malheureusement, sa sœur avait un avis très différent.

متأسفانه خواهر نظر کاملاً متفاوتی داشت.

Elle était en quelque sorte devenue la porte-parole de Gregor.

او تا حدودی به سخنگوی گرگور تبدیل شده بود.

Bien sûr, son opinion n'était pas totalement injustifiée.

البته نظر او کاملاً بی‌اساس نبود.

Mais l'opinion de sa mère devait être contredite ici.

اما اینجا باید نظر مادرش نقض می‌شد.

Il ne s'agissait plus seulement d'enlever la boîte.

حالا فقط جعبه نبود که باید برداشته می‌شد.

Son bureau et son armoire ne pouvaient pas rester en place non plus.

میز تحریر و کمد لباسش هم نمی‌توانستند بمانند.

La seule chose indispensable était le canapé.

تنها چیزی که ضروری بود، مبل بود.

Elle n'a pas pris cette décision par simple rébellion enfantine.

او این تصمیم را فقط از روی لجبازی کودکانه نگرفت.

Ce n'était pas non plus sa confiance en soi récemment acquise.

این اعتماد به نفسی که اخیراً به دست آورده بود هم نبود.

La nouvelle confiance qu'elle avait acquise lui a permis de travailler si dur pour gagner.

اعتماد به نفس جدیدی که برای به دست آوردنش باید سخت تلاش می‌کرد.

Même si personne ne s'attendait à ce qu'elle y parvienne.

با اینکه هیچ‌کس انتظار نداشت او بتواند این کار را انجام دهد.

Gregor avait vraiment besoin de beaucoup d'espace pour ramper.

گرگور واقعاً به فضای زیادی برای سینه خیز رفتن نیاز داشت.

Le mobilier ne faisait que réduire l'espace dont il disposait.

مبلمان فقط فضای موجود او را محدود می‌کرد.

Elle était capable de mieux voir ces choses que sa mère.

او می‌توانست این چیزها را بهتر از مادر ببیند.

Mais peut-être que son esprit romantique a aussi joué un rôle.

اما شاید روحیه رمانتیک او نیز نقشی داشته باشد.

Les filles de cet âge acquièrent souvent un certain enthousiasme.

دخترهای آن سن اغلب شور و شوق خاصی پیدا می‌کنند.

Et ils éprouvent le besoin d'obtenir ce qu'ils veulent chaque fois qu'ils le peuvent.

و آنها احساس می‌کنند که باید هر زمان که می‌توانند، حرف خود را بزنند.

C'est peut-être pour cela qu'elle voulait le saboter en secret.

شاید به همین دلیل بود که می‌خواست مخفیانه او را خرابکاری کند.

Il est encore plus terrifiant lorsqu'il rampe sur les murs.

وقتی روی دیوارها می‌خزد، ترسناک‌تر هم می‌شود.

Les parents n'osaient plus entrer dans la pièce.

پدر و مادر دیگر جرات ورود به اتاق را نداشتند.

Elle serait véritablement la seule à prendre soin de son frère.

او واقعاً تنها سرپرست برادرش خواهد بود.

Elle ne laissa pas sa mère la persuader du contraire.

او نگذاشت مادرش او را متقاعد کند که نظرش عوض شود.

La mère de Gregor se sentait déjà mal à l'aise dans la pièce.

مادر گرگور از قبل در اتاق احساس ناراحتی می‌کرد.

Elle cessa bientôt de parler et aida de nouveau sa fille.

او خیلی زود حرف زدن را متوقف کرد و دوباره به دخترش کمک کرد.

Avec leurs forces restantes, ils ont enlevé l'armoire.

با قدرت باقی مانده‌شان کمد لباس را برداشتند.

La commode, il pouvait s'en passer.

کمد کشودار چیزی بود که می‌توانست بدون آن سر کند.

Mais le bureau allait devoir rester en place pour le moment.

اما میز فعلاً باید سر جایش می‌ماند.

Pendant l'absence des femmes, il tenta d'évaluer la pièce.

در حالی که زن‌ها رفته بودند، او سعی کرد اتاق را ارزیابی کند.

Et Gregor passa la tête sous le canapé.

و گرگور سرش را از زیر مبل بیرون آورد.

Il devait voir ce qu'il pouvait faire face à la situation.

او باید می‌دید که با توجه به شرایط چه کاری از دستش برمی‌آید.

Mais il a été aussi prudent et attentionné que possible.

اما او تا حد امکان محتاط و با ملاحظه بود.

Malheureusement, c'est la mère qui est revenue la première.

متأسفانه این مادر بود که اول برگشت.

Grete était encore en train de déplacer l'armoire dans la pièce voisine.

گرت هنوز داشت کمد لباس اتاق بغلی را جابه‌جا می‌کرد.

Mais la mère n'était pas habituée à la vue de Gregor.

اما مادر به دیدن گرگور عادت نداشت.

Un simple aperçu de lui aurait pu la rendre malade.

حتی یک نگاه اجمالی به او می‌توانست حالش را بد کند.

Gregor recula précipitamment jusqu'à l'autre bout du canapé.

گرگور با عجله به عقب و به انتهای مبل رفت.

Mais il ne pouvait pas reculer et maintenir le drap en équilibre.

اما نمی‌توانست عقب برود و ملافه را متعادل نگه دارد.

Ce mouvement suffit à attirer l'attention de la mère.

همین حرکت کافی بود تا توجه مادر را جلب کند.

Elle marqua une pause et resta immobile un bref instant.

مکثی کرد و برای لحظه‌ای کوتاه کاملاً بی‌حرکت ایستاد.

Puis elle se retourna et sortit de la pièce.

سپس برگشت و از اتاق بیرون رفت.

Gregor se répétait sans cesse que rien d'inhabituel ne s'était produit.

گرگور مدام به خودش می‌گفت هیچ اتفاق غیرعادی‌ای نیفتاده است.

« Ce ne sont que quelques meubles qui ont été emportés. »

»فقط مقداری از اثاثیه است که برده شده است«.

Mais il dut bientôt admettre que ces événements l'avaient affecté.

اما خیلی زود مجبور شد اعتراف کند که این وقایع او را تحت تأثیر قرار داده است.

Les femmes disaient tout ce qu'elles faisaient.

زن‌ها هر کاری که می‌کردند را می‌گفتند.

Ils faisaient des allers-retours dans la pièce.

آنها مدام در اتاق قدم می‌زدند و می‌آمدند.

Le bruit des meubles qui grattent le sol.

صدای خش خش تمام وسایل روی زمین.

Il avait l'impression d'être assailli de toutes parts.

احساس می‌کرد از هر طرف مورد هجوم قرار گرفته است.

Il replia sa tête et ses jambes aussi fort qu'il le put.

سر و پاهایش را تا جایی که می‌توانست محکم به داخل کشید.

De toutes ses forces, il plaqua son corps au sol.

با تمام قدرت بدنش را به زمین فشار داد.

Il savait qu'il ne pourrait pas supporter tout cela encore longtemps.

می‌دانست که دیگر نمی‌تواند این همه سختی را تحمل کند.

Ils ont vidé sa chambre et ont pris tout ce qu'il aimait.

اتاقش را خالی کردند و هر چیزی را که دوست داشت، بردند.

Ils avaient déjà pris la boîte contenant tous ses outils.

آنها قبلاً جعبه‌ای را که تمام ابزارهایش در آن بود، برداشته بودند.

Ils étaient en train de déloger son lourd bureau du sol.

حالا داشتند میز سنگینش را از روی زمین شل می‌کردند.

Le bureau sur lequel il avait travaillé en rentrant du travail.

میزی که بعد از برگشتن از سر کار روی آن کار کرده بود.

Le bureau sur lequel il avait noté ses missions professionnelles.

میزی که تکالیف کاری‌اش را روی آن نوشته بود.

Le bureau sur lequel il avait fait ses devoirs au collège.

میزی که تکالیفش را در دوران راهنمایی روی آن انجام داده بود.

Oui, il avait déjà eu ce bureau à l'école primaire.

بله، او قبلاً این میز را در دبستان داشت.

Il n'a vraiment pas eu le temps de vérifier leurs bonnes intentions.

او واقعاً وقت نداشت تا نیت خیر آنها را تأیید کند.

Bien qu'il ait presque oublié leur présence.

هرچند تقریباً فراموش کرده بود که آنها آنجا هستند.

Parce qu'ils travaillaient en silence, épuisés.

زیرا آنها به دلیل خستگی مفرط، بی‌صدا کار می‌کردند.

Ils étaient trop fatigués pour annoncer leurs mouvements maintenant.

آنها خیلی خسته بودند که حالا حرکتشان را اعلام کنند.

Il n'entendait que leurs lourds pas sur le sol.

تنها چیزی که می‌شنید صدای قدم‌های سنگین آنها روی زمین بود.

À ce moment précis, ils étaient appuyés contre la boîte.

درست در همان لحظه آنها به جعبه تکیه داده بودند.

Et c'est alors que Gregor est sorti de sous le canapé.

و همان موقع بود که گرگور از زیر مبل بیرون آمد.

Il a changé de direction à quatre reprises.

او چهار بار جهت دویدنش را تغییر داد.

Il n'arrivait pas à se décider quel objet sauver en premier.

او نمی‌توانست تصمیم بگیرد که کدام مورد باید اول ذخیره شود.

Soudain, son attention fut attirée par le mur vide.

ناگهان توجهش به دیوار خالی جلب شد.

Ils ne lui avaient laissé que la photo de la dame en fourrure.

تنها چیزی که برایش باقی مانده بود، عکس آن خانمِ خزپوش بود.

Il rampa jusqu'à la photo pour coller son corps contre le sien.

او به سمت عکس خزید تا بدنش را به او بچسباند.

Et son corps masquait complètement la vue de la photo.

و بدنش کاملاً نمای تصویر را پوشانده بود.

Le verre le soutenait et apaisait son ventre brûlant.

لیوان او را سرپا نگه داشت و شکم داغش را آرام کرد.

On ne pouvait plus lui enlever cette photo.

دیگر نمی شد این عکس را از او گرفت.

Puis il tourna la tête vers la porte du salon.

سپس سرش را به سمت درِ اتاق نشیمن چرخاند.

Il allait les regarder retourner dans la pièce.

او می‌خواست نگاه کند که زن‌ها به اتاق برمی‌گردند.

Et ils ne se reposèrent pas longtemps avant de revenir.

و آنها خیلی زود استراحت نکردند و دوباره برگشتند.

Grete avait le bras autour de sa mère pour l'aider à marcher.

بازوی گرت دور مادرش بود تا به او در راه رفتن کمک کند.

« Que prenons-nous maintenant ? » demanda Grete en regardant autour d'elle.

گرت گفت: «حالا چی برداریم؟» و به اطراف نگاه کرد.

À ce moment précis, son regard croisa celui de Gregor.

درست در همان لحظه نگاهش به چشمان گرگور افتاد.

Malgré le choc, elle a gardé son sang-froid.

با وجود شوک وارده، او حضور ذهن خود را حفظ کرد.

Probablement uniquement à cause de la présence de sa mère.

احتمالاً فقط به خاطر حضور مادرش.

Elle pencha le visage vers sa mère, lui cachant la vue.

صورتش را به سمت مادرش خم کرد و دیدش را پوشاند.

Et puis elle dit, d'une voix tremblante et sans réfléchir :

و سپس با لرز و بی‌فکری گفت:

«Allez, on ne devrait pas retourner au salon ?»

»بیخیال، بهتر نیست برگردیم اتاق نشیمن؟«

Gregor comprenait aisément les intentions de sa sœur.

گرگور به راحتی می‌توانست نیت خواهر را بفهمد.

Sa priorité absolue était de mettre sa mère en sécurité.

اولویت اول او رساندن مادرش به مکانی امن بود.

Mais ensuite, elle allait le poursuivre depuis le mur.

اما بعد می‌خواست او را از روی دیوار پایین بکشد.

« Eh bien, elle peut toujours essayer ! » pensa Gregor.

گرگور در دل فکر کرد: «خب، مطمئناً می‌تواند امتحان کند»!

Il s'assit fermement sur son tableau et ne le lâcha pas.

او محکم و استوار روی عکسش نشسته بود و آن را رها نمی‌کرد.

Il aurait préféré sauter au visage de sa sœur.

ترجیح می‌داد توی صورت خواهر بپرد.

Mais les paroles de Grete avaient encore plus inquiété sa mère.

اما حرف‌های گرت، مادرش را بیشتر نگران کرده بود.

Elle s'écarta pour voir ce qu'on lui cachait.

او کنار رفت تا ببیند چه چیزی از او پنهان شده است.

Et elle vit la tache brune sur le papier peint à fleurs.

و او لکه قهوه‌ای را روی کاغذ دیواری گلدار دید.

Et elle a crié avant même de réaliser que c'était Gregor.

و قبل از اینکه حتی متوجه شود گرگور است، جیغ زد.

« Oh mon Dieu ! » hurla-t-elle en tendant les bras.

با دستانی گشوده فریاد زد: «خدای من»!

Et elle s'est effondrée sur le canapé comme si elle avait renoncé.

و طوری روی کاناپه افتاد که انگار تسلیم شده بود.

« Gregor ! » cria sa sœur en levant le poing.

خواهر با مشتی گره کرده رو به او فریاد زد: «گرگور»!

Et elle lui lança un regard long, dur et pénétrant.

و نگاهی طولانی، سخت و نافذ به او انداخت.

C'était la première fois qu'elle lui parlait directement.

این اولین باری بود که او مستقیماً با او صحبت می‌کرد.

Elle a couru dans la pièce voisine pour aller chercher des sels d'ammoniaque.

او به اتاق بغلی دوید تا مقداری نمک معطر بیاورد.

Elle devait ramener sa mère à la conscience.

او مجبور شد مادرش را به هوش بیاورد.

Gregor voulait aider, il pourrait sauvegarder la photo plus tard.

گرگور می‌خواست کمک کند، می‌توانست بعداً عکس را ذخیره کند.

Mais il s'était solidement collé à la vitre.

اما خودش را محکم به شیشه چسبانده بود.

Il a donc dû s'arracher à ce point en utilisant beaucoup de force.

بنابراین مجبور شد با نیروی زیادی خودش را از آن جدا کند.

Il courut lui aussi dans la pièce voisine, où se trouvait sa sœur.

او نیز به اتاق کناری، جایی که خواهر بود، دوید.

Autrefois, il aurait pu lui donner quelques conseils.

در روزگاران قدیم می‌توانست به او نصیحتی بکند.

Mais à présent, il ne pouvait rien faire d'autre que rester là, impuissant, et regarder.

اما حالا کاری از دستش برنمی‌آمد جز اینکه بی‌تفاوت بایستد و تماشا کند.

Elle fouilla dans le tiroir, ouvrant diverses bouteilles.

او جعبه را زیر و رو کرد و بطری‌های مختلف را باز کرد.

Et il lui faisait encore peur quand elle se retournait.

و وقتی برگشت، هنوز هم او را می‌ترساند.

Une bouteille est tombée par terre, s'est cassée et a éclaté.

یک بطری روی زمین افتاد، شکست و تکه تکه شد.

Un éclat de verre a frappé Gregor au visage et l'a blessé.

یک تکه شیشه به صورت گرگور برخورد کرد و او را زخمی کرد.

La bouteille contenait une sorte de liquide caustique.

بطری حاوی نوعی مایع سوزاننده بود.

Et maintenant, le liquide corrosif brûlait le visage de Gregor.

و حالا مایع خورنده داشت صورت گرگور را می‌سوزاند.

Sa sœur, cependant, n'avait pas de temps à consacrer à Gregor pour le moment.

اما خواهر، در حال حاضر برای گرگور وقت نداشت.

Elle ramassa autant de bouteilles qu'elle put.

او تا جایی که می‌توانست بطری‌ها را جمع کرد.

Et elle est retournée en courant vers sa mère avec les médicaments.

و با دارو به سمت مادرش دوید.

Elle claqua la porte du pied, empêchant Gregor d'entrer.

با پایش در را محکم بست و گرگور را به بیرون پرت کرد.

Il était désormais coupé de sa mère, potentiellement mourante.

او حالا از مادرِ در حال مرگش جدا شده بود.

S'il ouvrait la porte, il chasserait sa sœur.

اگر در را باز می‌کرد، خواهر را از خود می‌راند.

Mais bien sûr, elle devait rester pour s'occuper de sa mère.

اما البته او مجبور بود بماند و از مادر مراقبت کند.

Il ne pouvait plus rien faire d'autre qu'attendre.

حالا کاری از دستش برنمی‌آمد جز اینکه منتظرشان بماند.

Rongé par les remords et l'anxiété, il se mit à ramper.

او که از سرزنش خود و اضطراب رنج می‌برد، شروع به خزیدن کرد.

Il rampait partout : sur les murs, les meubles, le plafond.

او همه جا را می‌خزید؛ دیوارها، مبلمان، سقف.

Il avait l'impression que toute la pièce tournait autour de lui.

احساس می‌کرد تمام اتاق دور سرش می‌چرخد.

Finalement, désespéré et pris de vertiges, il retomba.

سرانجام، در ناامیدی و سرگیجه، دوباره به زمین افتاد.

Et il est tombé directement sur la grande table de la salle à manger.

و درست روی میز بزرگ غذاخوری افتاد.

Il resta allongé là un certain temps, engourdi et incapable de bouger.

او مدتی را در حالی که بی‌حس و ناتوان از حرکت بود، دراز کشید.

Il était épuisé par tout ce que cette journée lui avait apporté.

از تمام این روزی که بر سرش آمده بود، خسته شده بود.

Le silence régnait partout, mais c'était peut-être bon signe.

همه جا ساکت بود، اما شاید این نشانه خوبی بود.

Puis, brisant le silence, la sonnette retentit à l'extérieur.

سپس، سکوت را شکست، زنگ در از بیرون به صدا درآمد.

La bonne, bien sûr, s'était enfermée dans sa cuisine.

البته خدمتکار خودش را در آشپزخانه حبس کرده بود.

La sœur était donc la seule à pouvoir ouvrir la porte.

بنابراین خواهر تنها کسی بود که می‌توانست در را باز کند.

« Que s'est-il passé ? » fut la première question du père.

»چی شده؟« اولین چیزی که پدر پرسید این بود.

L'apparence de Grete lui avait probablement tout dit.

احتمالاً ظاهر گرت همه چیز را به او گفته بود.

La voix de Grete devint étouffée et monotone tandis qu'elle parlait.

صدای گرت هنگام صحبت خفه و گرفته شد.

Elle a dû enfouir son visage contre la poitrine de son père.

حتماً صورتش را به سینه پدرش چسبانده بود.

« Maman était inconsciente, mais elle va mieux maintenant. »

»مادر بیهوش بود، اما الان حالش بهتر است«.

« Gregor s'est échappé », a-t-elle ajouté, ce à quoi il s'attendait.

او اضافه کرد: »گرگور فرار کرده است.« که گرگور هم انتظارش را داشت.

« Je vous l'ai toujours dit, il allait s'échapper un jour. »

»من همیشه به تو گفته‌ام که او روزی فرار خواهد کرد«.

« Mais vous, les femmes, vous ne vouliez pas m'écouter,
n'est-ce pas ? »

»اما شما زن‌ها نمی‌خواستید به حرف‌های من گوش بدهید، نه؟«

Gregor comprit rapidement comment son père verrait les
choses.

گرگور خیلی زود فهمید که پدرش اوضاع را چگونه می‌بیند.

Il avait mal interprété le message trop bref de Grete.

او پیام بیش از حد کوتاه گرت را اشتباه تفسیر کرده بود.

Il supposa que Gregor avait commis un acte de violence.

او فرض کرد که گرگور مرتکب عمل خشونت‌آمیزی شده است.

Gregor devait trouver un moyen d'apaiser son père d'une
manière ou d'une autre.

گرگور باید راهی پیدا می‌کرد تا به نحوی پدرش را آرام کند.

Parce qu'il n'avait pas le temps de lui expliquer les choses.

چون وقت نداشت که برایش توضیح بدهد.

Mais de toute façon, il n'aurait pas été capable d'expliquer
les choses.

اما به هر حال او نمی‌توانست چیزها را توضیح دهد.

Il s'est donc enfui vers la porte et s'y est plaqué.

پس به سمت در فرار کرد و خودش را به آن چسباند.

Ainsi, son père pourrait le voir depuis l'antichambre.

به این ترتیب پدرش می‌توانست او را از اتاق انتظار ببیند.

Et il pourrait constater qu'il avait les meilleures intentions.

و او می‌توانست ببیند که او بهترین نیت‌ها را دارد.

Il n'était pas nécessaire de le repousser avec un balai.

نیازی نبود با جارو او را به عقب هل بدهند.

Il aurait suffi que le père ouvre la porte.

تنها کاری که پدر باید انجام می‌داد این بود که در را باز کند.

Mais il n'était pas d'humeur à remarquer de telles subtilités.

اما او حوصله نداشت به چنین نکات ظریفی توجه کند.

« Te voilà ! » s'exclama-t-il dès qu'il entra.

به محض ورود فریاد زد: «اینجا هستی»!

C'était comme s'il était à la fois en colère et heureux.

انگار همزمان عصبانی و خوشحال بود.

Il recula la tête et leva les yeux vers son père.

سرش را عقب کشید و به پدر نگاه کرد.

Il n'avait pas imaginé son père debout là, dans cette position.

او تصور نمی‌کرد پدرش این‌طور آنجا ایستاده باشد.

Mais ces derniers temps, il s'était trouvé une nouvelle distraction.

اما او اخیراً یک حواس‌پرتی جدید پیدا کرده بود.

Ramper occupait désormais une grande partie de sa journée.

حالا خزیدن بخش زیادی از روزش را می‌گرفت.

Auparavant, il se tenait au courant de toutes les nouvelles dans l'appartement.

قبلاً، او هرگونه خبری را در آپارتمان پیگیری می‌کرد.

Mais ces derniers temps, il n'y avait pas prêté beaucoup d'attention.

اما او اخیراً آنقدرها هم توجه نمی‌کرد.

Il aurait dû se préparer à faire face aux changements.

او باید برای مواجهه با تغییرات آماده می‌بود.

Pour autant, cet homme qui se tenait devant lui était-il encore son père ?

با این وجود، آیا این مردِ قبل از او هنوز پدر بود؟

Était-ce le même homme qui avait l'habitude de rester allongé, fatigué, dans son lit ?

آیا او همان مردی بود که قبلاً خسته در رختخوابش دراز می‌کشید؟

Alors que Gregor était déjà parti en voyage d'affaires.

وقتی گرگور قبلاً به یک سفر کاری رفته بود.

Était-ce le même homme qui le saluait le soir ?

آیا او همان مردی بود که عصرها به او سلام می کرد؟

Lorsqu'il était en robe de chambre, dans son fauteuil.

وقتی که با لباس خوابش روی صندلی راحتی‌اش نشسته بود.

Était-ce le même homme qui n'avait pas pu se lever pour
l'accueillir ?

آیا او همان مردی بود که نتوانست برای استقبال از او بلند شود؟

Restant assis, il leva le bras en signe de joie.

بنابراین، همانطور که نشسته بود، دستش را به نشانه شادی بالا برد.

Était-ce le même homme avec qui il faisait parfois des
promenades ?

آیا او همان مردی بود که گهگاه با او به پیاده‌روی می‌رفت؟

Exceptionnellement : quelques dimanches par an, ou les
jours fériés.

در موارد نادر: چند یکشنبه در سال یا تعطیلات.

Était-ce le même homme qui marchait, enveloppé dans son
pardessus ?

آیا او همان مردی بود که در حالی که پالتویش را پیچیده بود، راه می‌رفت؟

S'est-il lentement avancé, entre la mère et lui ?

آیا او به آرامی، بین خودش و مادرش، به سمت جلو درد زایمان کشید؟

Et ils marchaient déjà lentement à cause de lui.

و آنها به خاطر او از قبل آهسته راه می‌رفتند.

Mais à présent, cet homme se tenait droit et fort.

اما حالا این مرد محکم و راست ایستاده بود.

Il portait un uniforme bleu à boutons dorés.

او یک لباس فرم آبی با دکمه‌های طلایی پوشیده بود.

Les badges que portent les employés des institutions
bancaires.

دکمه‌هایی که خدمتکاران موسسات بانکی می‌پوشند.

Au-dessus du col rigide, son double menton prononcé se
dessinait.

از بالای یقه سفت، غبغب قوی‌اش نمایان شد.

Sous ses sourcils broussailleux, ses yeux noirs fixaient le vide.

از زیر ابروهای پرپشتش، چشمان سیاهش به بیرون دوخته شده بود.

À présent, ses yeux paraissaient perçants, frais et alertes.

حالا چشمانش نافذ، شاداب و هوشیار به نظر می‌رسیدند.

Les cheveux blancs, auparavant ébouriffés, étaient désormais peignés.

موهای سفیدِ آشفته‌ی قبلی، به سمت پایین شانه شده بود.

Et ses cheveux étaient désormais coiffés d'une raie centrale méticuleuse.

و حالا موهایش با دقت از وسط فرق باز شده بود.

Il jeta son chapeau, orné d'un monogramme en or.

کلاهش را که با یک مونوگرام طلایی تزیین شده بود، پرتاب کرد.

Il s'agissait probablement du monogramme de la banque pour laquelle il travaillait.

احتمالاً مونوگرام بانکی بود که در آن کار می‌کرد.

Et le chapeau atterrit sur le canapé, pour être rangé plus tard.

و کلاه روی مبل افتاد تا بعداً آن را سر جایش بگذارد.

Il repoussa le bas de sa longue veste d'uniforme.

پایین ژاکت بلند یونیفرم را عقب زد.

Et il mit ses pouces dans les poches de son pantalon.

و شست‌هایش را در جیب شلوارش فرو کرد.

Puis, le visage sombre, il s'avança vers Gregor.

و سپس با چهره‌ای گرفته به سمت گرگور رفت.

Il ne savait probablement même pas ce qu'il comptait faire.

احتمالاً خودش هم نمی‌دانست چه نقشه‌ای در سر دارد.

Mais il leva néanmoins les pieds exceptionnellement haut.

اما با این وجود، پاهایش را به طور غیرمعمولی بالا برد.

Gregor était stupéfait par la taille énorme de ses bottes.

گرگور از بزرگی چکمه‌هایش شگفت‌زده شد.

Mais il n'y avait vraiment pas le temps de s'extasier devant ses chaussures.

اما واقعاً فرصتی برای شگفت‌زده شدن از کفش‌هایش نبود.

Le père avait opté pour une discipline très stricte.

پدر تصمیم گرفته بود که انضباط بسیار سختگیرانه‌ای داشته باشد.

Seule la plus grande sévérité convenait à Gregor.

فقط شدیدترین مجازات برای گرگور مناسب بود.

Il le savait dès le premier jour de sa transformation.

او این را از همان روز اول تحولش می‌دانست.

Il courut vers son père et s'arrêta quand celui-ci s'arrêta.

او به سمت پدرش دوید و وقتی او ایستاد، ایستاد.

Il se précipita de nouveau vers lui lorsqu'il bougea à nouveau.

وقتی دوباره حرکت کرد، دوباره با عجله به سمتش دوید.

Le père marqua une pause, et Gregor fit de même.

پدر لحظه‌ای مکث کرد، گرگور هم همینطور.

Et il se précipita de nouveau en avant dès que son père eut bougé.

و او به محض اینکه پدرش حرکت کرد، دوباره به جلو شتافت.

Ils firent ainsi plusieurs fois le tour de la pièce.

به این ترتیب آنها چندین بار دور اتاق چرخیدند.

Aucun avantage décisif n'avait encore été obtenu par qui que ce soit.

هنوز هیچ برتری قاطعی نصیب هیچ‌کس نشده بود.

On n'aurait pas pu avoir l'impression d'une poursuite.

اصلاً نمی‌شد حس تعقیب و گریز را از آن گرفت.

Parce que tout l'événement se déroulait beaucoup trop lentement.

چون کل ماجرا خیلی کند پیش می‌رفت.

Gregor avait décidé de rester au sol.

گرگور تصمیم گرفته بود که روی زمین بماند.

Il aurait pu courir le long des murs et du plafond.

او می‌توانست از دیوارها بالا برود و در امتداد سقف بدود.

Mais il ne voulait pas provoquer inutilement le père.

اما او نمی‌خواست بی‌جهت پدر را تحریک کند.

Une telle évasion aurait pu paraître particulièrement perverse.

چنین فراری می‌توانست به طرز خاصی شرورانه به نظر برسد.

Gregor admit que cette poursuite ne pourrait pas durer beaucoup plus longtemps.

گرگور اعتراف کرد که این تعقیب و گریز نمی‌تواند زیاد طول بکشد.

Chaque étape nécessitait une myriade de mouvements.

هر قدم باید با انبوهی از حرکات مواجه می‌شد.

Il commençait déjà à avoir le souffle court.

او از قبل احساس تنگی نفس می‌کرد.

Même avant cela, il n'avait jamais eu des poumons totalement fiables.

حتی قبل از آن هم ریه‌های کاملاً قابل اعتمادی نداشت.

Il avançait en titubant, économisant ses forces pour la course.

او تلوتلو خوران راه می‌رفت و نقاط قوتش را برای دویدن نگه می‌داشت.

Il était si fatigué qu'il avait du mal à garder les yeux ouverts.

آنقدر خسته بود که به سختی چشمانش را باز نگه داشته بود.

Ses pensées étaient devenues trop lentes pour qu'il puisse envisager d'autres solutions.

افکارش آنقدر کند شده بود که نمی‌توانست به راه‌های فرار دیگری فکر کند.

Il avait presque oublié que les murs étaient à sa disposition.

او تقریباً فراموش کرده بود که دیوارها در دسترس او هستند.

Mais les murs étaient de toute façon dissimulés derrière des meubles.

اما به هر حال دیوارها پشت مبلمان پنهان شده بودند.

Et les meubles avaient trop d'encoches et de saillies.

و مبلمان بیش از حد فرورفتگی و برآمدگی داشت.

Et puis, juste à côté de lui, en roulant, il y avait une pomme.

و بعد، درست کنارش، در حالی که غلت می‌زد، یک سیب بود.

Il réalisa que la pomme avait dû lui être lancée.

او متوجه شد که سیب حتماً به سمت او پرتاب شده است.

Mais il n'eut pas le temps de réfléchir qu'une autre pomme arriva.

اما قبل از اینکه سیب دیگری از راه برسد، وقت فکر کردن نداشت.

Gregor resta figé, sous le choc de la nouvelle stratégie de son père.

گرگور از دیدن تدبیر جدید پدر، از تعجب خشکش زد.

Il ne pouvait plus rien gagner à essayer de fuir.

او دیگر از تلاش برای دویدن چیزی به دست نمی‌آورد.

Le père avait décidé de le bombarder de fruits.

پدر تصمیم گرفته بود او را با میوه بمباران کند.

Il avait rempli ses poches avec les fruits du bol de la cuisine.

جیب‌هایش را از ظرف میوه‌ی آشپزخانه پر کرده بود.

Sans viser particulièrement, il lançait pomme après pomme.

بدون هدف‌گیری خاص، سیب‌ها را یکی پس از دیگری پرتاب می‌کرد.

Ces petites pommes rouges roulaient sur le sol.

این سیب‌های قرمز کوچک روی زمین غلتیدند.

Comme électrifiées, les pommes se heurtèrent les unes aux autres.

انگار که برق به آنها وصل شده باشد، سیب‌ها به هم برخورد کردند.

Une des pommes, lancée mollement, a effleuré le dos de Gregor.

یکی از سیب‌هایی که با بی‌دقتی پرتاب شد، به پشت گرگور خورد.

Heureusement pour lui, la pomme a glissé sans le blesser.

خوشبختانه برای او، آن سیب بدون هیچ آسیبی سر خورد و افتاد.

Cependant, la pomme lancée ensuite était plus précise.

با این حال، سیبی که بعداً پرتاب شد دقیق‌تر بود.

Et cette pomme s'est logée profondément dans le dos de Gregor.

و این سیب خودش را در اعماق پشت گرگور جا داد.

Gregor voulait s'éloigner de la douleur.

گرگور می‌خواست خودش را از درد دور کند.

Peut-être pourrait-on échapper à cette nouvelle douleur inimaginable.

شاید می‌شد از این درد جدید و باورنکردنی فرار کرد.

Un changement d'endroit pourrait peut-être soulager son supplice.

شاید تغییر مکان می‌توانست درد و رنجش را تسکین دهد.

Mais il avait l'impression d'être cloué au sol.

اما احساس می‌کرد که به زمین میخکوب شده است.

Il s'étira, mais seulement à cause de sa confusion.

او خودش را کش و قوس داد، اما فقط به دلیل گیجی‌اش.

Ce n'est qu'à son dernier regard qu'il vit la porte s'ouvrir.

تنها با آخرین نگاهش، باز شدن در را دید.

La mère s'est précipitée devant sa sœur qui hurlait.

مادر با عجله از جلوی خواهر جیغ‌زنان بیرون دوید.

Sa sœur l'avait déshabillée, elle était donc encore en chemise.

خواهر لباس‌هایش را درآورده بود، بنابراین او با پیراهنش بود.

Elle avait besoin de respirer pendant son inconscience.

او در بیهوشی‌اش به فضای تنفس نیاز داشت.

Il voyait encore la mère courir vers le père.

او هنوز می‌دید که چگونه مادر به سمت پدر می‌دود.

Ses jupes glissèrent au sol, l'une après l'autre.

دامن‌هایش یکی پس از دیگری روی زمین سر خوردند.

Il la vit s'approcher du père et trébucher sur sa jupe.

او دید که دختر به پدر نزدیک شد و دامنش به زمین خورد.

L'enlaçant, elle demanda qu'on épargne la vie de Gregor.

او را در آغوش گرفت و از گرگور خواست که جانش را نجات دهد.

En parfaite harmonie avec son corps, sa vue s'est éteinte.

در اتحاد کامل با بدنش، بینایی‌اش از کار افتاد.

Gregor a souffert de cette grave blessure pendant plus d'un mois.

گرگور بیش از یک ماه از این آسیب شدید رنج برد.

La pomme restait incrustée ; personne n'osait l'enlever.

سیب در آن فرو رفته باقی ماند؛ هیچ کس جرأت بیرون آوردن آن را نداشت.

La pomme restait plantée dans sa chair comme un rappel visible.

سیب به عنوان یک یادآوری قابل مشاهده در گوشت او باقی ماند.

Mais la pomme servait aussi de rappel au père.

اما سیب همچنین به عنوان یادآوری برای پدر عمل کرد.

Il comprit que Gregor ne devait pas être traité comme un ennemi.

او متوجه شد که نباید با گرگور مثل یک دشمن رفتار کرد.

Actuellement, son apparence pourrait être triste et repoussante.

در حال حاضر، ظاهر او ممکن است غم‌انگیز و چندش‌آور باشد.

Mais il restait néanmoins un membre de leur famille.

اما با این وجود، او هنوز عضوی از خانواده آنها بود.

Il a fallu accepter et tolérer cette réticence.

این اکراه باید فرو خورده و تحمل می‌شد.

En raison de sa blessure, il risque fort de perdre sa mobilité à jamais.

به دلیل جراحتش، ممکن است برای همیشه قدرت حرکتش را از دست بدهد.

Il continuait à ramper dans sa chambre, mais beaucoup plus lentement.

او هنوز در اتاقش سینه خیز راه می‌رفت، اما خیلی کندتر.

Ramper à une quelconque hauteur était hors de question.

خزیدن در هر ارتفاعی غیرممکن بود.

Mais Gregor a bien reçu une forme de compensation.

اما گرگور نوعی غرامت دریافت کرد.

Le soir, la porte du salon lui fut ouverte.

عصر، درِ اتاق نشیمن برایش باز شد.

Et il estimait que ces réparations étaient tout à fait adéquates.

و او احساس می‌کرد که این غرامت‌ها کاملاً کافی هستند.

Avant le soir, il avait déjà commencé à surveiller la porte.

قبل از غروب، او شروع به نگاه کردن به در کرد.

Il était allongé dans l'obscurité, invisible depuis le salon.

او در تاریکی دراز کشیده بود، طوری که از اتاق نشیمن دیده نمی‌شد.

Il pouvait voir toute la famille à la table illuminée.

او می‌توانست تمام خانواده را دور میز نورانی ببیند.

Il était désormais autorisé à écouter leurs conversations.

حالا به او اجازه داده شده بود که به مکالمات آنها گوش دهد.

C'était très différent de leur arrangement précédent.

این با قرار قبلی آنها کاملاً متفاوت بود.

Les conversations animées d'autrefois étaient terminées.

گفتگوهای پرشور و نشاطِ گذشته به پایان رسیده بود.

C'étaient ces conversations qu'il désirait tant.

اینها مکالماتی بودند که او زمانی آرزویشان را داشت.

Lorsqu'il dormait seul dans de petites chambres d'hôtel.

وقتی که تنها در اتاق‌های کوچک هتل می‌خوابید.

Quand il a dû se jeter dans les draps humides.

وقتی مجبور شد خودش را توی ملافه‌های نمناک پرت کند.

Mais les soirées étaient désormais généralement calmes et sans incident.

اما عصرها حالا بیشتر ساکت و بی‌حادثه بودند.

Le père s'est endormi dans son fauteuil après le dîner.

پدر بعد از شام روی صندلی راحتی‌اش خوابش برد.

Et la mère et la sœur s'exhortaient mutuellement à se taire.

و مادر و خواهر یکدیگر را به سکوت دعوت کردند.

La mère, penchée très haut sur la lampe, cousait du lin.

مادر، که به نور خیلی تکیه داده بود، پارچه کتانی می‌دوخت.

Elle confectionne maintenant des robes pour l'un des magasins de mode.

او الان برای یکی از فروشگاه‌های مد لباس می‌دوخت.

Comme Gregor, sa sœur avait trouvé un emploi de vendeuse.

خواهر، مانند گرگور، به عنوان فروشنده مشغول به کار شده بود.

Elle apprenait la sténographie et le français le soir.

او عصرها تندنویسی و فرانسه یاد می‌گرفت.

Afin qu'elle puisse peut-être obtenir un meilleur poste plus tard.

تا شاید بعداً بتواند موقعیت شغلی بهتری پیدا کند.

Parfois, le père se réveillait de sa sieste du soir.

گاهی پدر از چرت عصرگاهی‌اش بیدار می‌شد.

« Chérie, tu as déjà cousu tellement longtemps aujourd'hui ! »

«عزیزم، امروز خیلی وقته که داری خیاطی می‌کنی»!

Il semblait avoir oublié qu'il dormait.

انگار یادش رفته بود که خواب بوده.

Mais il retombait aussitôt dans son sommeil.

اما بلافاصله دوباره به خواب عمیقی فرو رفت.

Et la mère et la sœur s'échangèrent un sourire las.

و مادر و خواهر با خستگی به هم لبخند زدند.

Le père avait développé une étrange nouvelle obstination.

پدر دچار لجبازی عجیب و جدیدی شده بود.

Même chez lui, il refusait d'enlever son uniforme de domestique.

حتی در خانه هم حاضر نبود لباس خدمتکاری‌اش را دربیاورد.

Et son peignoir pendait inutilement sur le cintre.

و لباس خوابش بی‌فایده روی چوب‌لباسی آویزان بود.

Le père dormit donc, tout habillé, dans son fauteuil.

بنابراین پدر، با لباس کامل، روی صندلی راحتی‌اش خوابید.

C'était comme s'il était toujours prêt à rendre service.

انگار همیشه آماده بود تا خدمتش را انجام دهد.

Comme s'il attendait simplement la voix de son supérieur.

انگار فقط منتظر صدای مافوقش بود.

Cela a eu pour conséquence que son uniforme a perdu sa propreté.

این باعث شد که لباس فرم او تمیزی خود را از دست بدهد.

Bien que l'uniforme ne fût pas neuf lorsqu'il l'a reçu.

اگرچه آن یونیفرم وقتی به دستش رسید هم نو نبود.

Et la mère faisait de son mieux pour prendre soin de l'uniforme.

و مادر تمام تلاشش را می‌کرد تا از لباس فرم مراقبت کند.

Gregor passait des soirées entières à contempler cet uniforme.

گرگور تمام عصرها را صرف تماشای این یونیفرم می‌کرد.

Il observa le vieil homme dormir très mal.

او پیرمرد را تماشا می‌کرد که با ناراحتی هرچه تمام‌تر خوابیده بود.

Mais dans son sommeil, il remarqua aussi quelque chose de paisible.

اما در خوابش متوجه چیزی آرامش‌بخش نیز شد.

Lorsque l'horloge a sonné dix heures, la mère a essayé de le réveiller.

وقتی ساعت ده نواخت، مادر سعی کرد او را بیدار کند.

Elle lui parla doucement et le persuada d'aller se coucher.

او آرام صحبت کرد و او را متقاعد کرد که به رختخواب برود.

Parce que dormir sur un fauteuil, ce n'était pas du vrai sommeil.

چون خوابیدن روی مبل راحتی خواب واقعی نبود.

Il allait devoir commencer à travailler à six heures.

قرار بود ساعت شش کارش را شروع کند.

Il avait donc vraiment besoin de dormir le mieux possible.

بنابراین او واقعاً به بهترین خواب ممکن نیاز داشت.

Mais il était pris d'une nouvelle forme d'obstination.

اما او گرفتار نوع جدیدی از لجاجت شده بود.

Le fait de devenir serviteur avait commencé à avoir cet effet sur lui.

خدمتکار شدن کم کم این تأثیر را روی او گذاشته بود.

Il insistait donc toujours pour rester plus longtemps à table.

بنابراین او همیشه اصرار داشت که بیشتر سر میز بماند.

Bien qu'il se rendormît régulièrement dans son fauteuil.

اگرچه او مرتباً دوباره روی صندلی‌اش خوابش می‌برد.

Et il ne pouvait être déplacé qu'avec la plus grande difficulté.

و او را فقط با بیشترین سختی می‌شد جابجا کرد.

Il a fallu lui dire que ce lit lui conviendrait mieux.

باید به او گفته می‌شد که تخت برایش بهتر خواهد بود.

La mère et la sœur ont dû insister, malgré quelques avertissements.

مادر و خواهر مجبور بودند با هشدارهای کوچک اصرار کنند.

Pendant quinze minutes, il se contenta de secouer lentement la tête.

پانزده دقیقه فقط سرش را به آرامی تکان داد.

Et il garda les yeux fermés et refusa de se lever.

و چشمانش را بسته نگه داشت و از بلند شدن امتناع ورزید.

La mère tira doucement, mais fermement, sur sa manche.

مادر آستین او را کشید، آرام، اما محکم.

Et elle lui murmurait des mots flatteurs à l'oreille, encore fatiguée.

و او کلمات چاپلوسی را در گوش‌های خسته‌اش زمزمه کرد.

La sœur a interrompu sa tâche pour aider sa mère.

خواهر وظیفه‌ای را که بر عهده داشت رها کرد تا به مادرش کمک کند.

Mais aucun de leurs efforts n'a fonctionné sur le père.

اما هیچ یک از تلاش‌های آنها روی پدر مؤثر واقع نشد.

Il s'enfonça encore plus profondément dans son fauteuil, prêt à dormir.

او بیشتر در صندلی‌اش فرو رفت و آماده‌ی خواب شد.

Et finalement, les femmes l'ont attrapé sous les aisselles.

و بالاخره زن‌ها زیر بغلش را گرفتند.

Il ouvrit les yeux et les regarda tour à tour.

چشمانش را باز کرد و به نوبت به آنها نگاه کرد.

« Quelle vie ! » se plaignit-il en allant se coucher.

او در حالی که به رختخواب می‌رفت، شکایت کرد: «این چه زندگی‌ای است»!

« Est-ce là la paix qui m'a été accordée dans ma vieillesse ? »

«آیا این همان آرامشی است که در پیری به من داده شده است؟»

Mais alors, s'appuyant sur les deux femmes, il se leva maladroitement.

اما بعد، در حالی که به آن دو زن تکیه داده بود، با حالتی ناشیانه از جایش بلند شد.

Il agissait comme s'il portait le fardeau le plus lourd.

طوری رفتار می‌کرد که انگار سنگین‌ترین بار را به دوش می‌کشد.

Il laissa les deux femmes le conduire au fond de la pièce.

گذاشت آن دو زن او را به انتهای اتاق هدایت کنند.

Là, il leur souhaita bonne nuit et poursuivit son chemin seul.

در آنجا به آنها شب بخیر گفت و به تنهایی به راهش ادامه داد.

Mais la mère jeta précipitamment son nécessaire à couture.

اما مادر با عجله وسایل خیاطی‌اش را زمین انداخت.

Et la sœur posa elle aussi le stylo et le bloc-notes.

و خواهر نیز خودکار و دفترچه یادداشت را زمین گذاشت.

Et ils coururent derrière le père pour l'aider davantage.

و آنها پشت سر پدر دویدند تا بیشتر به او کمک کنند.

Qui, dans cette famille surmenée, avait du temps à consacrer à Gregor ?

چه کسی در این خانواده‌ی پرمشغله برای گرگور وقت داشت؟

Qui aurait pu lui accorder plus d'attention que nécessaire ?

چه کسی می‌توانست بیش از حد لازم به او توجه کند؟

Le budget des ménages est devenu de plus en plus restreint.

بودجه خانوار به طور فزاینده‌ای محدود شد.

Finalement, pour faire des économies, ils ont dû licencier la bonne.

در نهایت، برای صرفه‌جویی در هزینه، مجبور شدند خدمتکار را اخراج کنند.

Elle fut remplacée par une femme à la carrure imposante et aux cheveux blancs.

او با زنی درشت اندام و سفید مو جایگزین شد.

Mais cette femme ne venait que le matin et le soir.

اما این زن فقط صبح‌ها و عصرها می‌آمد.

Et tout le travail le plus lourd et le plus pénible lui avait été réservé.

و تمام سنگین‌ترین و سخت‌ترین کارها برای او ذخیره شد.

Toutes les autres tâches ménagères étaient prises en charge par la mère.

تمام کارهای دیگر به عهده مادر بود.

Il est même arrivé que plusieurs bijoux de famille soient vendus.

حتی اتفاق افتاده است که جواهرات مختلف خانوادگی فروخته شده است.

Des bijoux que les femmes avaient portés avec joie lors des festivités.

جواهراتی که زنان با خوشحالی در جشن‌ها می‌پوشیدند.

Gregor a appris cela lors d'une discussion générale.

گرگور این را از یکی از بحث‌های عمومی فهمید.

Le principal grief, cependant, portait sur autre chose.

با این حال، بزرگترین شکایت چیز دیگری بود.

L'appartement était trop grand, mais ils ne pouvaient pas déménager.

آپارتمان خیلی بزرگ بود، اما آنها نمی‌توانستند از آن نقل مکان کنند.

Il était impossible de déplacer Gregor.

هیچ راهی وجود نداشت که آنها بتوانند گرگور را جابجا کنند.

Mais Gregor comprit que ce n'était pas seulement une question de considération.

اما گرگور متوجه شد که موضوع فقط ملاحظه و ملاحظه‌کاری نیست.

Quelque chose d'autre les a empêchés de déménager ailleurs.

چیز دیگری مانع از نقل مکان آنها به جای دیگری شد.

Il aurait facilement pu être transporté dans une caisse appropriée.

او به راحتی می‌توانست در یک جعبه مناسب حمل شود.

Leur sentiment de désespoir total les a paralysés.

احساس ناامیدی کامل آنها را عقب نگه داشته بود.

Ils ne voulaient pas admettre que le malheur les avait frappés.

آنها نمی‌خواستند بپذیرند که بدبختی به آنها روی آورده است.

Ils ont accompli ce que le monde exige des pauvres.

آنچه دنیا از فقرا انتظار دارد، آنها برآورده کردند.

Le père a apporté le petit déjeuner au jeune employé de banque.

پدر برای کارمند کوچک بانک صبحانه آورد.

La mère s'est sacrifiée pour laver le linge d'inconnus.

مادر خودش را فدای لباس‌های شسته‌ی غریبه‌ها کرد.

La sœur faisait des allers-retours pour prendre les commandes des clients.

خواهر برای گرفتن سفارش‌های مشتریان این‌طرف و آن‌طرف می‌دوید.

Mais ils n'avaient tout simplement plus la force d'en faire plus.

اما آنها دیگر قدرت انجام هیچ کاری را نداشتند.

La blessure dans le dos de Gregor commença à le faire encore plus souffrir.

زخم پشت گرگور دردش بیشتر شد.

Chaque soir, la mère et la sœur amenaient le père au lit.

هر شب مادر و خواهر، پدر را به رختخواب می‌آوردند.

Ils laissèrent leur travail où il était et s'assirent ensemble.

آنها کارشان را همانجا رها کردند و کنار هم نشستند.

Ils se rapprochèrent et s'assirent joue contre joue.

و آنها به هم نزدیک‌تر شدند و گونه به گونه نشستند.

La mère désigna la pièce d'où il observait.

مادر به اتاقی که از آنجا نگاه می‌کرد اشاره کرد.

« Pourriez-vous fermer la porte ? » demanda-t-elle à sa sœur.

از خواهر پرسید: «ممکن است در را ببندی؟»

Et Gregor se retrouva de nouveau seul dans le noir.

و سپس گرگور دوباره در تاریکی تنها ماند.

Et dans la pièce voisine, la femme mêla leurs larmes.

و در اتاق کناری، زن اشک‌هایشان را در هم آمیخت.

Ou bien ils restaient assis, les yeux secs, fixant simplement la table.

یا اینکه با چشمانی خشک، صرفاً به میز خیره شده بودند.

Gregor ne dormait pratiquement pas, ni la nuit ni le jour.

گرگور تقریباً هیچ‌وقت نمی‌خوابید، نه شب و نه روز.

Il réfléchissait souvent à la façon dont il pourrait aider sa famille.

او اغلب به این فکر می‌کرد که چگونه می‌تواند به خانواده کمک کند.

Il songea à gagner à nouveau de l'argent pour eux.

او به این فکر کرد که دوباره برای آنها پول دربیاورد.

Il songea à faire ce qu'il faisait autrefois pour eux.

او به این فکر کرد که کاری را که قبلاً برای آنها انجام می‌داد، انجام دهد.

Le représentant autorisé lui revint dans ses pensées.

در افکارش، نماینده‌ی مجاز برگشت.

Et cette fois, le patron est également venu à l'appartement.

و این بار هم رئیس هم به آپارتمان آمد.

Et les commis et les apprentis étaient là aussi.

و منشی‌ها و شاگردها هم آنجا بودند.

Même le domestique un peu simplet est venu le voir.

حتی خدمتکار کند ذهن اداره هم به دیدنش آمد.

Il y avait deux ou trois amis d'autres entreprises.

دو سه تا از دوستام از کسب و کارهای دیگه هم بودن.

Une des femmes de chambre d'un hôtel de province.

یکی از خدمتکاران هتلی در شهرستان‌ها.

Un souvenir précieux et fugace auquel il s'efforçait de s'accrocher.

خاطره‌ای عزیز و زودگذر که سعی می‌کرد به آن بچسبد.

Une caissière d'une chapellerie pour laquelle il avait des intentions.

صندوقدار یک مغازه کلاه فروشی که برایش نیت خیر داشت.

Mais il avait été un peu trop lent à obtenir son approbation.

اما او کمی کند عمل کرده بود و نتوانسته بود رضایت او را جلب کند.

Ils lui apparurent tous, mêlés à des inconnus.

همه آنها در افکارش ظاهر شدند، در حالی که با غریبه‌ها قاطی شده بودند.

Et d'autres n'apparurent pas ; ils étaient déjà oubliés.

و دیگران ظاهر نشدند؛ آنها از قبل فراموش شده بودند.

Mais ils ne l'ont pas aidé, ni lui, ni sa famille.

اما آنها نه به او کمکی کردند و نه به خانواده.

Ils étaient inaccessibles, et il était content quand ils sont partis.

آنها غیرقابل دسترس بودند، و او از رفتنشان خوشحال شد.

Il n'était pas toujours d'humeur à se soucier de sa famille.

او همیشه حال و حوصله نگران بودن برای خانواده را نداشت.

Et il était rempli de rage à cause de ce manque d'attention.

و او از بی‌توجهی، لبریز از خشم شد.

Et il ne pouvait imaginer rien qui puisse lui faire envie.

و او نمی‌توانست چیزی را که اشتهایش را داشت، تصور کند.

Mais il avait tout de même prévu de cambrioler le garde-manger.

اما او همچنان نقشه‌هایی برای ورود غیرقانونی به انباری می‌کشید.

Et il allait prendre tout ce qui lui était dû.

و او قرار بود هر آنچه را که سزاوارش بود، بگیرد.

Sa sœur ne faisait plus aucun effort particulier pour lui.

خواهر دیگر هیچ تلاش خاصی برای او نکرد.

Elle ne consacrait plus de temps à chercher à lui plaire.

او دیگر وقتش را صرف فکر کردن به خشنود کردن او نمی‌کرد.

Avant d'aller travailler, elle a rapidement glissé de la nourriture dans la pièce.

قبل از کار، او به سرعت مقداری غذا را به داخل اتاق هل داد.

Et le soir venu, elle a rapidement ramassé les restes.

و عصر دوباره سریع غذا را جارو کرد.

Elle ne faisait plus attention à savoir s'il avait mangé ou non.

دیگر متوجه نشد که آیا او چیزی خورده بود یا نه.

Le plus souvent, la nourriture restait intacte.

حالا اغلب اوقات غذا دست نخورده باقی می‌ماند.

Elle continuait de traverser la pièce rapidement le soir.

او هنوز هم عصرها به سرعت در اتاق قدم می‌زد.

Mais maintenant, elle se contentait du strict minimum, aussi vite que possible.

اما حالا او حداقل کار ممکن را، با حداکثر سرعت ممکن انجام داد.

Des traînées de saleté jonchaient les murs.

رگه‌هایی از خاک روی دیوارها باقی مانده بود.

Des boules de poussière et de détritus jonchaient le sol.

گلوله‌هایی از خاک و زباله روی زمین پخش شده بود.

Gregor manifesta son désapprobation face à son manque d'attention.

گرگور نارضایتی خود را از بی‌توجهی او نشان داد.

Il se tourna selon un angle particulièrement significatif.

او خودش را با زاویه خاصی چرخاند.

Mais il aurait pu rester à ce poste pendant des semaines.

اما او می‌توانست هفته‌ها در این موقعیت بماند.

Sa sœur n'aurait pas remarqué son mécontentement.

خواهرش متوجه نارضایتی او نمی‌شد.

Elle voyait la saleté aussi bien que lui, voire mieux.

او هم به خوبی او، اگر نگوییم بهتر، خاک را می‌دید.

Mais elle avait décidé de laisser la saleté où elle était.

اما او تصمیم گرفته بود خاک را همانجا که بود، بگذارد.

À cette époque, elle a développé une sensibilité totalement nouvelle.

در آن زمان او حساسیت کاملاً جدیدی را اتخاذ کرد.

Elle s'était donné pour mission de nettoyer la chambre de Gregor.

او تمیز کردن اتاق گرگور را به عنوان مسئولیت خود پذیرفته بود.

La famille a été touchée par sa gentillesse et sa prévenance.

خانواده تحت تأثیر مهربانی و توجه او قرار گرفتند.

Une fois, sa mère avait nettoyé sa chambre de fond en comble.

یک بار، مادر اتاقش را حسابی تمیز کرده بود.

Ce n'est qu'après avoir utilisé plusieurs seaux d'eau qu'elle a réussi.

تنها پس از استفاده از چند سطل آب، او موفق شد.

Cependant, l'humidité nouvelle dans la pièce a nui à Gregor.

با این حال، رطوبت جدید اتاق به گرگور آسیب رساند.

Et il gisait, étendu de tout son long, amer et immobile sur le canapé.

و او با حالتی گرفته، تلخ و بی‌حرکت روی مبل دراز کشیده بود.

Mais ce n'était que sa première punition pour avoir aidé.

اما این تنها اولین مجازات او برای کمک کردن بود.

La sœur remarqua rapidement le changement dans la chambre de Gregor.

خواهر به سرعت متوجه تغییر در اتاق گرگور شد.

Et elle s'est précipitée dans le salon, extrêmement insultée.

و او در حالی که به شدت مورد توهین قرار گرفته بود، به سمت اتاق نشیمن دوید.

Sa mère leva les mains et tenta de la supplier.

مادرش دستانش را بالا برد و سعی کرد از او التماس کند.

Mais malgré une explication sincère, elle a éclaté en sanglots.

اما با وجود توضیح صادقانه، او زد زیر گریه.

Le père, bien sûr, sursauta et se leva de sa chaise.

پدر مسلماً از روی صندلی‌اش بلند شد.

Et les deux parents regardaient, stupéfaits et impuissants.

و دو پدر و مادر، مبهوت و درمانده، نگاه می‌کردند.

Et finalement, leurs émotions s'agitèrent elles aussi.

و در نهایت احساسات آنها نیز برانگیخته شد.

Le père a reproché à la mère ce qu'elle avait fait.

پدر، مادر را به خاطر کاری که کرده بود سرزنش کرد.

« Tu aurais dû laisser la chambre à Grete pour qu'elle la nettoie. »

«باید اتاق را برای تمیز کردن به گرت می‌دادی».

Grete a crié sur sa mère parce qu'elle avait nettoyé sa chambre.

گرت به خاطر تمیز کردن اتاقش سر مادر فریاد زد.

«Tu n'as plus jamais le droit de nettoyer sa chambre !»

«دیگه هیچ‌وقت اجازه نداری اتاقش رو تمیز کنی»!

La mère a essayé d'entraîner le père dans la chambre.

مادر سعی کرد پدر را به اتاق خواب بکشد.

La sœur resta seule dans la pièce, tremblante et sanglotant.

خواهر در اتاق رها شده بود، در حالی که می‌لرزید و هق‌هق می‌کرد.

Et elle frappa la table avec ses petits poings.

و با مشت‌های کوچکش روی میز کوبید.

Et Gregor siffla bruyamment de colère contre eux tous.

و گرگور با خشم و عصبانیت به همه آنها با صدای بلند هیس کشید.

Pourquoi personne n'avait-il pensé à lui fermer la porte ?

چرا هیچ‌کس به فکر بستن در به روی او نیفتاده بود؟

Ils auraient pu lui épargner ce spectacle et ce bruit.

آنها می‌توانستند او را از این منظره و سر و صدا نجات دهند.

Sa sœur était épuisée après être rentrée du travail.

خواهر بعد از برگشتن از سر کار، خیلی خسته بود.

Et s'occuper de Gregor représentait encore plus de travail
pour elle.

و مراقبت از گرگور برای او حتی کار بیشتری بود.

Mais cela ne signifie pas que la mère aurait dû le faire.

اما این به آن معنا نبود که مادر باید این کار را انجام می‌داد.

Gregor, en revanche, ne doit pas être négligé.

از طرف دیگر، گرگور را نباید نادیده گرفت.

Mais maintenant, ils avaient une nouvelle bonne qui
pouvait faire ce genre de choses.

اما حالا آنها یک خدمتکار جدید داشتند که می‌توانست چنین کارهایی را انجام

دهد.

Une veuve âgée à la charpente osseuse robuste.

بیوه ای مسن که استخوان بندی محکمی داشت.

Une stature qui l'a aidée à survivre à sa vie difficile.

قامتی که به او کمک کرد تا از زندگی دشوارش جان سالم به در ببرد.

L'apparence de Gregor ne lui déplaisait pas vraiment.

او هیچ نفرت واقعی نسبت به ظاهر گرگور نداشت.

Elle avait ouvert la porte de la chambre de Gregor par inadvertance.

او تصادفاً در اتاق گرگور را باز کرده بود.

Ce n'était pas par curiosité particulière à propos de la pièce.

این از روی کنجکاوی خاصی در مورد اتاق نبود.

Elle faisait simplement son travail et a ouvert la porte par hasard.

او فقط داشت کارش را انجام می‌داد و اتفاقاً در را باز کرد.

Gregor, bien sûr, fut complètement surpris par elle.

البته گرگور کاملاً از او شگفت‌زده شد.

Il n'était pas poursuivi, mais il courait d'avant en arrière.

او تحت تعقیب نبود، اما مدام به این سو و آن سو می‌دوید.

Elle croisa simplement les bras et le regarda ramper.

و او فقط دست‌هایش را در هم گره کرد و خزیدن او را تماشا کرد.

Depuis lors, elle lui entrouvrait toujours un peu la porte.

از آن زمان، او همیشه کمی در را برایش باز می‌کرد.

Un matin, elle a jeté un coup d'œil pour voir comment il allait.

یک بار صبح به خانه سر زد تا ببیند حالش چطور است.

Et le soir, elle est allée prendre de ses nouvelles avant de partir.

و عصر، قبل از رفتن، به او سر زد.

Au début, elle a aussi essayé de l'appeler pour qu'il vienne la rejoindre.

در ابتدا او همچنین سعی کرد او را صدا کند تا پیش او بیاید.

« Viens par ici, vieux bousier ! » disait-elle.

او همیشه می‌گفت: «بیا اینجا، سوسک سرگین‌غلتان پیر»!

Ou bien elle disait, amicalement : « Regardez ce vieux bousier ! »

یا اینکه با لحنی دوستانه گفت: «به این سوسک سرگین‌غلتان پیر نگاه کن»!

Gregor n'a jamais réagi lorsqu'on lui parlait de cette façon.

گرگور هیچ‌وقت به این طرز حرف زدن واکنش نشان نداد.

Il resta là, immobile, et l'ignora.

او همانجا ماند، بدون اینکه تکان بخورد، و او را نادیده گرفت.

« Si seulement on lui avait expliqué comment faire correctement son travail. »

«کاش به او گفته می‌شد که چگونه کارش را به درستی انجام دهد».

« Au lieu de me déranger, elle devrait nettoyer ma chambre. »

«به جای اینکه مزاحم من شود، باید اتاقم را تمیز کند».

Tôt le matin, une forte pluie a frappé les fenêtres.

یک بار صبح زود، باران شدیدی به شیشه‌ها خورد.

Peut-être la pluie était-elle déjà un signe du printemps à venir.

شاید باران از قبل نشانه‌ی بهارِ پیش رو بود.

La bonne recommença à lui parler de cette façon.

خدمتکار دوباره شروع کرد به همان شیوه با او صحبت کند.

Gregor était tellement amer qu'il se tourna vers elle.

گرگور چنان تلخکام شد که رو به او کرد.

Il était lent et infirme, mais c'était une sorte d'attaque.

او کند و ناتوان بود، اما این نوعی حمله بود.

La bonne, en revanche, n'avait absolument pas peur de Gregor.

با این حال، خدمتکار اصلاً از گرگور نمی‌ترسید.

Au lieu de cela, elle souleva une chaise qui se trouvait près de la porte.

در عوض، صندلی‌ای را که نزدیک در بود، بلند کرد.

Et elle resta là, calmement, la bouche grande ouverte.

و او آنجا ایستاده بود، آرام، با دهانی کاملاً باز.

Ses intentions étaient claires, même Gregor pouvait le voir.

نیت او واضح بود، حتی گرگور هم می‌توانست این را ببیند.

Et il se retourna lentement pour reprendre sa position initiale.

و او به آرامی به موقعیت اولیه‌اش برگشت.

« Donc vous ne voulez pas vous approcher davantage, n'est-ce pas ? »

»پس دیگه نمی‌خوای نزدیک‌تر بیای، نه؟«

Et elle remit discrètement la chaise dans le coin.

و او آرام صندلی را به گوشه برگرداند.

Gregor ne mangeait presque plus rien.

گرگور دیگر تقریباً هیچ چیزی نمی‌خورد.

Parfois, lors de ses promenades dans la pièce, il s'arrêtait.

گاهی، هنگام قدم زدن در اتاق، می‌ایستاد.

Et il se retrouva à côté du repas qui lui avait été préparé.

و خود را در کنار غذایی که برایش آماده شده بود، یافت.

Il mit la nourriture dans sa bouche, mais seulement pour jouer avec.

او غذا را در دهانش گذاشت، اما فقط برای بازی کردن با آن.

Et bien souvent, il le recrachait quelques heures plus tard.

و اغلب بعد از چند ساعت دوباره آن را تف می‌کرد.

Il essaya de trouver une raison à son manque d'appétit.

سعی کرد دلیلی برای بی‌اشتهایی‌اش پیدا کند.

Peut-être parce qu'il était triste de l'état de sa chambre.

شاید به این دلیل که از وضعیت اتاقش ناراحت بود.

Mais il s'était fait à l'idée des changements survenus dans la pièce.

اما او با تغییرات اتاق کنار آمده بود.

Récemment, sa chambre était devenue une sorte de débarras.

اخیراً اتاقش تبدیل به نوعی انباری شده بود.

Ils avaient pris l'habitude de laisser des choses là.

آنها عادت کرده بودند که چیزها را آنجا بگذارند.

Et il restait maintenant beaucoup de choses de ce genre dans
sa chambre.

و حالا چیزهای زیادی از این دست در اتاقش باقی مانده بود.

Parce qu'une chambre de l'appartement avait été louée.

چون یک اتاق از آپارتمان اجاره داده شده بود.

Trois messieurs sérieux louaient la chambre ensemble.

سه آقای محترم و جدی با هم آن اتاق را اجاره کرده بودند.

Gregor les avait aperçus un jour à travers une fente dans la
porte.

گرگور یک بار از لای در متوجه آنها شد.

Ils portaient des barbes fournies et étaient habillés avec un
soin méticuleux.

آنها ریش‌های بلندی داشتند و لباس‌هایشان کاملاً مرتب بود.

Ils étaient scrupuleux quant à la propreté des lieux.

آنها در مرتب نگه داشتن همه چیز وسواس داشتند.

Leur obsession pour la propreté ne s'arrêtait pas à leur
chambre.

اصرار آنها بر مرتب بودن به اتاقشان ختم نشد.

L'appartement entier devait être maintenu d'une propreté
impeccable.

کل آپارتمان باید کاملاً تمیز نگه داشته می‌شد.

Ils étaient encore plus pointilleux sur l'apparence de la
cuisine.

آنها حتی بیشتر در مورد ظاهر آشپزخانه ایرادگیر بودند.

Et ils ne supportaient aucun encombrement inutile.

و آنها نمی‌توانستند هیچ بی‌نظمی و شلوغی غیرضروری را تحمل کنند.

Ils avaient également apporté leurs propres meubles.

آنها اثاثیه خودشان را هم آورده بودند.

C'est pourquoi beaucoup de choses étaient devenues
superflues.

به همین دلیل، خیلی چیزها غیرضروری شده بودند.

C'étaient des choses pour lesquelles personne n'aurait payé.

چیزهایی بودند که هیچ‌کس حاضر نبود برایشان پولی بپردازد.

Mais la famille ne voulait pas non plus se débarrasser de ces objets.

اما خانواده هم نمی‌خواستند این چیزها را دور بریزند.

Tous ces objets ont fini quelque part dans la chambre de Gregor.

همه این چیزها جایی به اتاق گرگور راه پیدا کردند.

Le cendrier de la cuisine se trouvait désormais dans sa chambre.

جعبه خاکستر آشپزخانه حالا در اتاقش نگهداری می‌شد.

Et les ordures étaient entreposées dans sa chambre jusqu'au jour de la collecte.

و زباله‌ها تا روز زباله در اتاقش نگهداری می‌شدند.

La bonne a jeté dans sa chambre tout ce dont elle n'avait pas besoin.

خدمتکار هر چیزی را که لازم نداشت به داخل اتاق او پرت کرد.

Heureusement, il n'a vu que la main et l'objet.

خوشبختانه او چیزی بیش از دست و شیء ندید.

Elle comptait probablement revenir chercher les affaires plus tard.

احتمالاً منظورش این بود که بعداً برای برداشتن وسایل برگردد.

Ou peut-être voulait-elle tout jeter d'un coup.

یا شاید دلش می‌خواست همه چیز را یکجا دور بریزد.

Cependant, tout est resté là où il s'était initialement posé.

با این حال، همه چیز در همان جایی که برای اولین بار فرود آمده بود، باقی ماند.

À moins que Gregor n'ait déplacé les débris en se faufilant à travers.

مگر اینکه گرگور با لولیدن از میان آشغال‌ها، آنها را جابجا کرده باشد.

Au début, il a été obligé de ramper à travers tous les détritus.

اولش مجبور شد سینه خیز از میان همه خرت و پرت ها عبور کند.

Il lui était impossible d'éviter cela.

هیچ امکانی برای اجتناب از این کار برایش وجود نداشت.

Mais plus tard, il a finalement trouvé du plaisir dans cette activité.

اما بعداً او واقعاً از این فعالیت لذت برد.

Bien que ces efforts l'aient laissé triste et profondément fatigué.

اگرچه چنین تلاشی او را غمگین و عمیقاً خسته کرد.

Et ensuite, il est resté incapable de bouger pendant de nombreuses heures.

و بعد از آن او برای ساعت‌های زیادی قادر به حرکت نبود.

Les locataires prenaient parfois leurs repas dans le salon.

گاهی اوقات مستاجران غذای خود را در اتاق نشیمن می‌خوردند.

La porte du salon restait fermée ces soirs-là.

در اتاق نشیمن آن شب‌ها بسته می‌ماند.

Mais Gregor n'avait aucune difficulté à ne pas ouvrir la porte à présent.

اما گرگور حالا دیگر مشکلی نداشت که در را باز نکند.

Même lorsque la porte était ouverte, il ne regardait pas toujours dehors.

حتی وقتی در باز بود، همیشه بیرون را نگاه نمی‌کرد.

Mais il s'allongea dans le coin le plus sombre de la pièce.

اما او خودش را در تاریک‌ترین گوشه اتاق دراز کشید.

La famille n'a pas non plus remarqué son manque d'attention.

خانواده هم متوجه کم توجهی او نشدند.

Mais une fois, la bonne a laissé la porte ouverte.

اما یک بار خدمتکار در را باز گذاشت.

La porte est restée ouverte même au retour des locataires.

حتی وقتی مستاجرها برگشتند، در باز ماند.

Et la porte était ouverte quand la lumière a été allumée.

و وقتی چراغ روشن شد، در باز بود.

L'homme était assis à la table où la famille dînait.

مرد پشت میزی که خانواده روی آن شام می‌خوردند، نشست.

Autrefois, père, mère et Gregor étaient assis là.

پدر، مادر و گرگور در گذشته‌های دور آنجا نشسته بودند.

Ils déplièrent les serviettes et prirent des couteaux et des fourchettes.

آنها دستمال سفره‌ها را باز کردند و چاقوها و چنگال‌ها را برداشتند.

La mère apparut sur le seuil avec un bol de viande.

مادر با یک کاسه گوشت در چارچوب در ظاهر شد.

Puis sa sœur est entrée avec un bol plein de pommes de terre.

سپس خواهر با یک کاسه پر از سیب زمینی وارد شد.

Les locataires se penchèrent sur les bols placés devant eux.

مستاجران روی کاسه‌هایی که جلویشان گذاشته شده بود خم شدند.

L'épaisse fumée des aliments leur montait jusqu'au nez.

دود غلیظ غذا تا دماغشان بالا رفته بود.

Mais ils n'avaient pas encore décidé s'ils allaient manger.

اما آنها هنوز تصمیم نگرفته بودند که آیا غذا را بخورند یا نه.

Peut-être renverraient-ils le plat en cuisine.

شاید غذا را به آشپزخانه برمی‌گرداندند.

L'homme assis au milieu semblait être l'autorité.

مردی که در وسط نشسته بود، به نظر می‌رسید صاحب اختیار باشد.

Il a coupé la viande pour déterminer si elle était suffisamment tendre.

او گوشت را برش داد تا ببیند آیا به اندازه کافی نرم شده است یا خیر.

Il était satisfait de l'odeur et de l'apparence des aliments.

او از بو و ظاهر غذا راضی بود.

La mère et la sœur les observaient avec anxiété.

مادر و خواهر با نگرانی آنها را تماشا می‌کردند.

Et ils commencèrent à sourire, poussant un soupir de soulagement accumulé.

و آنها با آهی از سر آسودگی خاطر شروع به لبخند زدن کردند.

La famille allait elle-même manger dans la cuisine.

قرار بود خود خانواده در آشپزخانه غذا بخورند.

Mais avant cela, le père alla voir comment allaient les locataires.

اما اول پدر رفت تا از حال مستاجران باخبر شود.

Il s'inclina une fois, tenant sa casquette de travail à la main.

او یک بار تعظیم کرد و کلاه کارش را در دست گرفت.

Et il fit le tour de la table, saluant chaque invité.

و او دایره‌ای دور میز، به سمت هر مهمان، راه رفت.

Les locataires se levèrent tous en marmonnant dans leur barbe.

همه مستاجران بلند شدند و زیر لب غرغر کردند.

Après son départ, ils mangèrent dans un silence presque complet.

بعد از رفتن او، آنها تقریباً در سکوت کامل غذا خوردند.

Gregor trouvait étrange d'entendre des bruits de mastication.

برای گرگور عجیب به نظر می‌رسید که می‌توانست صدای جویدن را بشنود.

Aucun autre aspect du repas ne semblait produire le moindre son.

هیچ جنبه‌ی دیگری از غذا خوردن به نظر بی‌معنی می‌آمد.

Mais il pouvait distinctement entendre des dents grincer.

اما او به وضوح صدای ساییدن دندان‌ها به هم را می‌شنید.

Ils semblaient lui dire qu'il avait besoin de dents pour manger.

انگار داشتند به او می‌گفتند که برای غذا خوردن به دندان نیاز دارد.

« On ne peut rien faire si on n'a plus de dents dans la mâchoire. »

»اگر فک‌هایت بی‌دندان باشند، هیچ کاری نمی‌توانی بکنی«.

« J'aimerais manger quelque chose », dit Gregor avec anxiété.

گرگور با نگرانی گفت: «دلم می‌خواهد چیزی بخورم».

« Mais je n'ai aucun appétit pour ce que vous mangez tous. »

«اما من هیچ اشتهایی به چیزهایی که شما می‌خورید ندارم».

« Regardez ces locataires manger, et moi je meurs de faim. »

«ببین این مستاجرها دارن غذا می‌خورن، من از اینجام که دارم از گرسنگی می‌میرم».

Ce soir-là, Gregor pensait justement au violon.

گرگور آن شب اتفاقاً به ویولن فکر کرد.

Il n'avait plus entendu le violon depuis la transformation.

از زمان دگرگونی، صدای ویولن را نشنیده بود.

Mais ce soir-là, un bruit est venu de la cuisine.

اما امشب، صدایی از آشپزخانه آمد.

Les messieurs avaient déjà terminé leur repas du soir.

آقایان قبلاً شام خود را تمام کرده بودند.

L'homme du milieu avait commencé à lire un journal.

آقای وسطی شروع به خواندن روزنامه کرده بود.

Il avait donné une feuille à chacun des deux autres messieurs.

به دو آقای دیگر هر کدام یک ورق داده بود.

Et maintenant, ils étaient affalés en arrière, en train de lire et de fumer.

و حالا آنها به پشتی تکیه داده بودند و مطالعه می‌کردند و سیگار می‌کشیدند.

Lorsque le violon commença à jouer, ils devinrent attentifs.

وقتی ویولن شروع به نواختن کرد، آنها توجهشان جلب شد.

Ils se levèrent et marchèrent sur la pointe des pieds jusqu'à la porte de l'antichambre.

آنها بلند شدند و روی نوک پا به سمت در اتاق انتظار رفتند.

Ils se tenaient là, blottis les uns contre les autres, écoutant à la porte.

آنها اینجا کنار هم ایستاده بودند و به در گوش می‌دادند.

La famille a dû entendre les hommes qui étaient dans la cuisine.

خانواده حتماً صدای مردها را از آشپزخانه شنیده بودند.

Car le père les appela et leur demanda :

زیرا پدر آنها را صدا زد و از آنها پرسید؛

« Le violon ne serait-il pas inconfortable pour ces messieurs ? »

»شاید ویولن برای آقایان ناراحت کننده نباشد؟«

« Si la musique ne vous plaît pas, on peut s'arrêter immédiatement. »

»اگر از موسیقی خوشت نیامد، می‌توانیم فوراً آن را متوقف کنیم«.

« Au contraire », dit celui du milieu des messieurs.

وسطی آقایان گفت: »برعکس.«

« La jeune fille aimerait-elle jouer du violon dans notre chambre ? »

»آیا خانم جوان مایل است در اتاق ما ویولن بنوازد؟«

« C'est nettement plus confortable et chaleureux ici. »

»اینجا قطعاً خیلی راحت‌تر و دنج‌تره«.

Le père répondit comme s'il était lui-même le violoniste.

پدر طوری جواب داد که انگار خودش نوازنده‌ی ویولن است.

« Oh, je vous en prie, ce serait merveilleux », s'écria le père.

پدر فریاد زد: »خواهش می‌کنم، خیلی عالی می‌شود«.

Les messieurs retournèrent au salon et attendirent.

آقایان به اتاق نشیمن برگشتند و منتظر ماندند.

Peu après, le père entra dans la pièce avec le pupitre.

خیلی زود پدر با پایه نت موسیقی وارد اتاق شد.

La mère entra dans la pièce avec le livre de musique.

مادر با کتاب موسیقی وارد اتاق شد.

Et la sœur entra dans la pièce avec le violon.

و خواهر با ویولن وارد اتاق شد.

Elle a calmement tout préparé pour jouer du violon.

او با آرامش همه چیز را برای نواختن ویولن آماده کرد.

Les parents exagéraient leur politesse et leurs bonnes manières.

والدین در ادب و رفتار خود اغراق می‌کردند.

Ils n'avaient jamais loué de chambres à des locataires auparavant.

آنها قبلاً هرگز به مسافران اتاق اجاره نداده بودند.

Et ils n'osaient même pas s'asseoir sur leurs propres chaises.

و حتی جرات نداشتند روی صندلی خودشان بنشینند.

Au lieu de s'asseoir, le père s'appuya contre la porte.

پدر به جای نشستن، به در تکیه داده بود.

Sa main droite était coincée entre deux boutons de son manteau.

دست راستش بین دو دکمه‌ی کتش بود.

Un monsieur a toutefois offert une chaise à la mère.

با این حال، یک آقا به مادر صندلی تعارف کرد.

Mais elle s'assit là où le monsieur avait placé la chaise.

اما او جایی که آقا صندلی را گذاشته بود، نشست.

Et il n'avait pas placé la chaise à un endroit précis.

و او صندلی را جای خاصی قرار نداده بود.

La mère s'assit donc à l'écart de tout le monde, dans un coin.

بنابراین مادر جدا از همه، در گوشه‌ای نشست.

Et finalement, la sœur s'est mise à jouer du violon.

و بالاخره خواهر شروع به نواختن ویولن کرد.

Les parents, placés de part et d'autre, suivaient attentivement.

والدین، در دو طرف، توجه زیادی نشان دادند.

Et ils observaient attentivement chacun des mouvements de sa main.

و آنها با دقت هر حرکت دست او را زیر نظر داشتند.

Gregor était également attiré par le jeu du violon.

گرگور همچنین جذب نواختن ویولن شد.

Et il s'aventura un peu plus loin hors de sa chambre.

و کمی جلوتر از اتاقش بیرون رفت.

Il avait déjà la tête dans le salon.

او از قبل سرش را داخل اتاق نشیمن برده بود.

Il était très fier d'être très attentionné.

او قبلاً به خاطر اینکه بسیار باملاحظه بود، به خود می‌بالید.

Mais récemment, il ne remettait guère en question son manque d'attention.

اما اخیراً او به سختی بی‌توجهی خود را زیر سوال برد.

Même s'il avait maintenant plus de raisons de se cacher qu'auparavant.

با اینکه حالا دلایل بیشتری برای پنهان شدن نسبت به قبل داشت.

Parce que sa chambre était recouverte de poussière et de saletés diverses.

زیرا اتاقش پوشیده از گرد و غبار و کثیفی‌های مختلف بود.

Le moindre mouvement soulevait toutes sortes d'immondices.

کوچکترین حرکتی انواع و اقسام کثافت را به هوا بلند می‌کرد.

Toute cette saleté lui collait à la peau : poussière, cheveux, restes de nourriture.

تمام این کثیفی‌ها به او چسبیده بودند؛ گرد و غبار، مو، بقایای غذا.

Il aurait pu frotter la saleté contre le tapis.

می‌توانست خاک را از روی فرش پاک کند.

C'était quelque chose qu'il faisait plusieurs fois par jour.

این کاری بود که او روزانه چندین بار انجام می‌داد.

Mais son indifférence à tout était bien trop grande.

اما بی‌تفاوتی او نسبت به همه چیز بیش از حد زیاد بود.

Il n'avait donc pas peur d'aller un peu plus loin.

بنابراین او از اینکه کمی بیشتر به جلو حرکت کند، نترسید.

Et il s'est installé sur le sol impeccable du salon.

و به سمت کفِ بی‌عیب و نقصِ اتاق نشیمن حرکت کرد.

Cependant, personne ne l'a remarqué, ni ne lui a prêté attention.

با این حال، هیچ کس متوجه او نشد و به او توجهی نکرد.

La famille était complètement absorbée par le concert.

خانواده کاملاً مجذوب کنسرت شده بودند.

Les messieurs, quant à eux, ont d'abord battu en retraite.

از طرف دیگر، آقایان در ابتدا عقب‌نشینی کردند.

Et ils se tenaient tout près, derrière le pupitre de la sœur.

و آنها درست پشت پایه موسیقی خواهر ایستادند.

S'ils avaient regardé, ils auraient pu voir les notes de musique.

اگر نگاه می‌کردند، می‌توانستند نت‌های موسیقی را ببینند.

Cela aurait évidemment perturbé la sœur.

البته این موضوع خواهر را ناراحت می‌کرد.

Alors, au lieu de s'asseoir, ils restèrent debout près de la fenêtre.

سپس آنها به جای نشستن، کنار پنجره ایستادند.

Les mains dans les poches, ils continuaient à parler.

دست در جیب، همچنان مشغول صحبت بودند.

Ils restèrent là tandis que le père les observait avec anxiété.

آنها آنجا ماندند در حالی که پدر با نگرانی تماشا می‌کرد.

On avait l'impression qu'ils avaient d'autres attentes.

آدم این برداشت را داشت که آنها انتظارات دیگری دارند.

Et il semblait vraiment qu'ils avaient été déçus.

و واقعاً به نظر می‌رسید که آنها ناامید شده بودند.

Il semblait qu'ils en avaient assez du spectacle.

به نظر می‌رسید که از اجرا به اندازه کافی لذت برده بودند.

Ils avaient laissé le violon troubler leur tranquillité.

آنها اجازه داده بودند که ویولن آرامششان را به هم بزند.

Et ils ne toléraient la musique que par politesse.

و آنها فقط از روی ادب موسیقی را تحمل می‌کردند.

La façon dont ils ont dissipé la fumée était particulièrement troublante.

نحوه‌ی بیرون دادن دود به طور ویژه‌ای نگران‌کننده بود.

Et pourtant, elle jouait du violon avec une telle beauté.

و با این حال او داشت ویولن را به زیبایی می‌نواخت.

Son visage était légèrement incliné sur le côté, sur le violon.

صورتش به آرامی به یک طرف خم شده بود، روی ویولن.

Son regard parcourait tristement les lignes de la musique.

چشمانش با غم و اندوه در امتداد خطوط موسیقی جستجو می‌کردند.

Gregor se sentait un peu plus attiré par le salon.

گرگور احساس کرد که کمی بیشتر به سمت اتاق نشیمن کشیده می‌شود.

Il gardait la tête près du sol, mais regardait vers le haut.

سرش را نزدیک زمین نگه داشته بود، اما نگاهش به بالا بود.

Peut-être que de cette façon, le regard de sa sœur croiserait le sien.

شاید از این طریق نگاه خواهرش با او تلاقی کند.

Peut-on vraiment dire qu'il n'était qu'un animal ?

آیا واقعاً می‌توان گفت که او فقط یک حیوان بود؟

Était-il un animal si la musique pouvait le captiver à ce point ?

آیا اگر موسیقی می‌توانست او را تا این حد مجذوب خود کند، او یک حیوان بود؟

Il avait l'impression qu'on lui montrait un chemin vers une nourriture inconnue.

احساس می‌کرد راهی به سوی تغذیه‌ای ناشناخته به او نشان داده شده است.

C'était peut-être là le réconfort qui lui manquait.

شاید این همان رزقی بود که او از دست داده بود.

Il était déterminé à rejoindre sa sœur.

او مصمم بود که راه خود را به سمت خواهرش ادامه دهد.

Il avait envie de tirer sur sa jupe pour attirer son attention.

دلش می‌خواست دامنش را بکشد تا توجهش را جلب کند.

Il voulait lui faire comprendre qu'il l'invitait.

او می‌خواست به او نشانه‌ای از دعوت بدهد.

« Viens jouer du violon dans ma chambre », aurait-il voulu dire.

می‌خواست بگوید: «بیا تو اتاق من ویولن بزن».

Il souhaitait qu'elle soit récompensée pour sa magnifique musique.

او می‌خواست که به خاطر موسیقی زیبایش به او پاداش داده شود.

« Personne ici ne te récompense pour jouer du violon. »

«اینجا کسی به خاطر نواختن ویولن به تو پاداش نمی‌دهد».

Il ne voulait plus la laisser sortir de sa chambre.

دیگر دلش نمی‌خواست او را از اتاقش بیرون بگذارد.

Il voulait qu'elle reste avec lui aussi longtemps qu'il vivrait.

او می‌خواست تا زمانی که زنده است، او در کنارش بماند.

Pour la première fois, sa transformation eut un avantage.

برای اولین بار، دگرگونی او فایده‌ای داشت.

Sa difformité allait enfin lui être utile.

نقص عضوش بالاخره داشت برایش مفید واقع می‌شد.

Il voulait être présent simultanément aux quatre portes.

او می‌خواست همزمان جلوی هر چهار در باشد.

Il avait envie de les siffler et de leur cracher dessus de tous les côtés.

دلش می‌خواست هیس بکشد و از هر زاویه‌ای به سمتشان تف بیندازد.

Sa sœur ne devrait pas être forcée de rester avec lui.

خواهرش نباید مجبور به ماندن با او شود.

Il voulait qu'elle choisisse volontairement de rester avec lui.

او می‌خواست که او داوطلبانه تصمیم بگیرد که با او بماند.

Elle allait s'asseoir à côté de lui et se pencher vers lui.

قرار بود کنارش بنشیند و به سمتش خم شود.

Et il allait lui parler de l'école de musique.

و قرار بود درباره مدرسه موسیقی برایش بگوید.

Il avait la ferme intention de l'envoyer à l'académie.

او قصد راسخ داشت که او را به آکادمی بفرستد.

Il en aurait parlé à tout le monde à Noël dernier.

او کریسمس گذشته این را به همه می‌گفت.

Noël était-il déjà passé ?

آیا واقعاً کریسمس آمده و دوباره رفته بود؟

Et il n'aurait laissé personne le dissuader.

و به هیچ کس اجازه نمی‌داد او را از این کار منصرف کند.

Mais un accident malheureux a tout arrêté.

اما ناگهان آن حادثه ناگوار همه چیز را متوقف کرد.

La sœur aurait été submergée par l'émotion.

خواهر غرق در احساسات می‌شد.

Et Gregor aurait alors grimpé jusqu'à son épaule.

و آنوقت گرگور تا شانه‌اش بالا می‌رفت.

Et il l'aurait réconfortée en l'embrassant dans le cou.

و او با بوسیدن گردنش او را آرام می‌کرد.

« Monsieur Samsa ! » appela l'homme au milieu au père.

مردی که در وسط نشسته بود، پدر را صدا زد: «آقای سامسا»!

Il pointait Gregor du doigt.

او با انگشت اشاره‌اش به گرگور اشاره می‌کرد.

Gregor traversait lentement le salon.

گرگور به آرامی روی کف اتاق نشیمن راه می‌رفت.

Le jeu du violon s'est très vite tu.

صدای ویولن خیلی زود خاموش شد.

Celui du milieu sourit à ses amis.

مرد وسطی از بین سه مرد به دوستانش لبخند زد.

Puis il secoua la tête et regarda Gregor.

سپس سرش را تکان داد و دوباره به گرگور نگاه کرد.

Le père aurait pu forcer Gregor à retourner dans sa chambre.

پدر می‌توانست گرگور را مجبور کند به اتاقش برگردد.

Mais ce n'était pas la première action qu'il décida d'entreprendre.

اما این اولین اقدامی نبود که او تصمیم به انجام آن گرفت.

Il estimait qu'il était plus important de calmer ces messieurs.

او فکر می‌کرد آرام کردن آقایان مهم‌تر است.

Bien qu'ils ne fussent pas vraiment contrariés par Gregor.

اگرچه آنها واقعاً از گرگور ناراحت نبودند.

Gregor semblait plus divertissant que le jeu de violon.

گرگور از نوازندگی ویولن سرگرم‌کننده‌تر به نظر می‌رسید.

Il s'est précipité vers eux, les bras tendus.

با دستانی گشوده به سمتشان دوید.

Il faisait de son mieux pour leur cacher la vue de Gregor.

او تمام تلاشش را می‌کرد تا نظر آنها را در مورد گرگور پنهان کند.

Et il a essayé de les faire retourner dans leur chambre.

و سعی کرد آنها را تشویق کند که به اتاقشان برگردند.

Au contraire, cela les a un peu agacés.

اگر واقعاً این موضوع آنها را کمی آزرده خاطر کرده باشد.

Mais il était difficile de dire exactement ce qui les agaçait.

اما گفتن اینکه دقیقاً چه چیزی آنها را آزار می‌داد، دشوار بود.

Le père gâchait le divertissement de la soirée.

پدر داشت تفریح شب را خراب می‌کرد.

Mais ils venaient aussi d'apprendre l'existence de leur nouveau colocataire.

اما آنها تازه از همخانه جدیدشان خبردار شده بودند.

Ils levèrent les mains comme l'avait fait leur père.

آنها درست مثل پدر دستشان را بالا بردند.

Ils ont exigé une explication immédiate du père.

آنها از پدر توضیح فوری خواستند.

Ils tiraient nerveusement sur leur barbe, cherchant une réponse.

آنها با بی‌قراری ریش‌هایشان را کشیدند تا جوابی بگیرند.

Et ils reculèrent jusqu'à leur chambre, mais très lentement.

و آنها به سمت اتاقشان عقب عقب رفتند، اما خیلی آهسته.

L'interruption avait plongé la sœur dans une sorte de transe.

این وقفه، خواهر را به خلسه فرو برده بود.

Elle laissa pendre le violon et l'archet le long de son corps.

ویولن و آرشه را در کنارش آویزان گذاشت.

Et elle regarda la partition comme si elle jouait encore.

و طوری به نت موسیقی نگاه کرد که انگار هنوز در حال نواختن است.

Mais soudain, elle est revenue dans la pièce.

اما ناگهان خودش را به داخل اتاق کشید.

Et elle avait désormais surmonté le sentiment d'être perdue.

و حالا او بر احساس گمگشتگی غلبه کرده بود.

Elle a posé l'instrument de musique sur les genoux de sa mère.

او ساز موسیقی را روی پای مادرش گذاشت.

La mère était assise sur la chaise, respirant bruyamment.

مادر روی صندلی نشسته بود و نفس نفس می‌زد.

Et puis la sœur a dû courir dans la pièce voisine.

و بعد خواهر مجبور شد به اتاق بغلی بدود.

Elle devait tout préparer pour les messieurs.

او باید همه چیز را برای آقایان آماده می‌کرد.

Elle a jeté les couvertures et les coussins en l'air.

پتوها و کوسن‌ها را به هوا پرتاب کرد.

Et de ses mains expertes, elle a disposé toute la literie.

و با دستان ماهرش تمام ملافه ها را مرتب کرد.

Elle avait terminé avant que les messieurs n'atteignent la pièce.

قبل از اینکه آقایان به اتاق برسند، کارش تمام شده بود.

Et elle s'est éclipsée avant de les gêner.

و قبل از اینکه سر راهشان قرار بگیرد، یواشکی بیرون رفت.

Le père semblait prisonnier de son propre entêtement.

به نظر می‌رسید پدر گرفتار لجبازی خودش شده است.

Et il oublia ainsi tout le respect qu'il devait à ses locataires.

و بنابراین تمام احترامی را که به مستاجرانش داشت فراموش کرد.

Il a insisté sans relâche jusqu'à ce que leur porte-parole s'y oppose.

او آنقدر فشار آورد و فشار آورد تا سخنگوی آنها اعتراض کرد.

Il a tapé du pied avec colère en arrivant à la porte.

وقتی به در رسید، با عصبانیت پایش را به زمین کوبید.

Et c'est ainsi qu'il immobilisa le père.

و بدین ترتیب پدر را به بن‌بست رساند.

« Par la présente, je déclare », commença-t-il en s'adressant à son propriétaire.

او شروع به خطاب قرار دادن صاحبخانه‌اش کرد و گفت: «بدینوسیله اعلام می‌کنم».

Et il leva la main, regardant toute la famille.

و دستش را بالا برد و به تمام اعضای خانواده نگاه کرد.

« En ce qui concerne l'état répugnant de la chambre ; »

«با توجه به شرایط منزجرکننده‌ی اتاق؛»

Et il s'assurait que tous écoutaient ses paroles.

و مطمئن شد که همه به حرف‌هایش گوش می‌دهند.

« Par la présente, je vous informe que je vais libérer ma chambre. »

«بدینوسیله اعلام می‌کنم که اتاقم را تخلیه خواهم کرد».

Et il a appuyé son propos en crachant par terre.

و او با تف کردن روی زمین، حرفش را بیشتر ثابت کرد.

« Je ne paierai pas non plus pour les jours que j'ai passés ici. »

«و همچنین بابت روزهایی که اینجا زندگی کرده‌ام، پولی پرداخت نخواهم کرد».

Il n'était cependant pas entièrement satisfait de ce remboursement.

با این حال، او کاملاً از این بازپرداخت راضی نبود.

« Et j'envisagerai de formuler d'autres demandes à votre encontre. »

»و من طرح درخواست‌های دیگری از شما را بررسی خواهم کرد«.

« Croyez-moi, de telles demandes seront très faciles à justifier. »

باور کنید، توجیه چنین خواسته‌هایی بسیار آسان خواهد بود«.

Il resta silencieux et regarda droit devant lui, vers son père.

سکوت کرد و مستقیم به پدر نگاه کرد.

Il semblait s'attendre à ce qu'il se passe quelque chose de plus.

انگار انتظار داشت اتفاق دیگری بیفتد.

En fait, ses deux amis ont immédiatement eu la même idée.

در واقع، دو دوستش بلافاصله همین فکر را کردند.

« Nous annulons également nos réservations de chambres », ont-ils déclaré à l'unisson.

آنها همزمان گفتند: »ما هم اتاق‌هایمان را لغو می‌کنیم«.

Il a alors saisi la poignée de la porte et l'a fermée.

سپس دستگیره در را گرفت و در را بست.

Et dans un grand fracas, ils s'enfermèrent dans leur chambre.

و با صدای بلندی خودشان را در اتاقشان حبس کردند.

Le père s'est dirigé en titubant vers sa chaise, les mains tâtonnantes.

پدر با دستانی که کورمال کورمال به آنها چنگ می‌زد، تلوتلوخوران به سمت صندلی‌اش رفت.

Et il se laissa tomber sur la chaise, vaincu.

و او شکست خورده، خودش را روی صندلی انداخت.

On aurait dit qu'il allait faire sa sieste habituelle du soir.

انگار داشت به چرت عصرگاهی همیشگی‌اش می‌رفت.

Mais sa tête hocha presque comme si elle n'était pas soutenue.

اما سرش را طوری تکان داد که انگار تکیه‌گاهی ندارد.

Et on pouvait voir qu'il ne dormait pas du tout.

و کاملاً مشخص بود که اصلاً خواب نیست.

Durant tout ce temps, Gregor n'avait pas bougé de sa place.

در تمام این مدت، گرگور از جایش تکان نخورده بود.

Il était toujours là où les messieurs l'avaient aperçu pour la première fois.

او هنوز همان جایی بود که آقایان برای اولین بار او را دیده بودند.

Même s'il avait voulu déménager, il trouvait cela impossible.

حتی اگر می‌خواست حرکت کند، غیرممکن می‌دید.

À cause de sa déception, ou à cause de sa faim.

به خاطر ناامیدی‌اش، یا به خاطر گرسنگی‌اش.

Il était déçu par l'échec de son plan.

او از شکست نقشه‌اش ناامید شده بود.

Et il était affaibli par la faim persistante qu'il ressentait.

و او از گرسنگی ممتد که احساس می‌کرد، ضعیف شده بود.

Il était certain que tout le monde se retournerait contre lui à tout moment.

او مطمئن بود که هر لحظه همه به او حمله خواهند کرد.

C'est avec cette certitude d'un effondrement imminent qu'il attendit.

با این انتظارِ فروپاشیِ حتمی، او منتظر ماند.

Le violon commença à glisser des genoux de sa mère.

ویولن شروع به سر خوردن از روی زانوان مادر کرد.

Dans un fracas retentissant, le violon tomba au sol.

ویولن با صدای مهیبی به زمین افتاد.

Mais même ce bruit soudain et fracassant ne l'a pas surpris.

اما حتی این صدای ناگهانیِ برخورد هم او را از جا نپراند.

« Chers parents, dit la sœur, cela ne peut pas continuer. »

خواهر گفت: «والدین عزیز، این دیگر نمی‌تواند ادامه پیدا کند».

Et elle a frappé du poing sur la table pour appuyer ses propos.

و دستش را محکم روی میز کوبید تا منظورش را برساند.

« Je ne prononcerai pas le nom de mon frère devant ce monstre. »

«من اسم برادرم را جلوی این هیولا نمی‌گویم».

« C'est pourquoi je le dis aussi crûment que possible : »

«به همین دلیل است که این را تا حد امکان رک و صریح می‌گویم»:

«Nous n'avons pas d'autre choix que de nous débarrasser de cet animal.»

ما چاره‌ای جز خلاص شدن از شر این حیوان نداریم».

« Nous avons fait de notre mieux pour tolérer et prendre soin de cet animal. »

ما تمام تلاشمان را کردیم تا این حیوان را تحمل کنیم و از او مراقبت کنیم».

« Je ne pense pas que quiconque puisse nous blâmer, même légèrement. »

فکر نمی‌کنم کسی بتواند ذره‌ای ما را سرزنش کند».

« Elle a mille fois raison », a acquiescé le père.

پدر موافقت کرد: «او هزار بار حق دارد».

La mère n'avait pas encore complètement repris son souffle.

مادر هنوز نفسش به طور کامل بالا نیامده بود.

Elle se mit à tousser sourdement dans sa main, la respiration lourde.

او شروع به سرفه‌های خفه در دستش کرد و نفس‌هایش سنگین شد.

Et une expression de folie commença à apparaître dans ses yeux.

و حالتی دیوانه‌وار در چشمانش پدیدار شد.

La sœur s'est précipitée vers sa mère et lui a pris le front.

خواهر به سمت مادرش دوید و پیشانی‌اش را گرفت.

Les paroles de la sœur semblaient inspirer le père.

به نظر می‌رسید پدر از حرف‌های خواهر الهام گرفته است.

Et ses pensées semblaient plus claires qu'auparavant.

و افکارش انگار از قبل واضح‌تر شده بودند.

Il cessa d'acquiescer et se redressa.

سرش را تکان نداد و دوباره صاف نشست.

Et il jouait avec la casquette de son serviteur, plongé dans ses pensées.

و او در حالی که غرق در فکر بود، با کلاه خدمتکارش بازی می‌کرد.

Les assiettes des locataires étaient encore sur la table.

بشقاب‌های مستاجران هنوز روی میز بود.

Et il regardait parfois vers Gregor, qui restait silencieux.

و گاهی به گرگورِ خاموش نگاه می‌کرد.

« Nous devons essayer de nous en débarrasser », lui dit sa sœur.

خواهر به او گفت: «باید سعی کنیم از شرش خلاص شویم».

La mère était trop occupée à tousser pour écouter.

مادر آنقدر سرگرم سرفه بود که فرصت گوش دادن نداشت.

« Ça va vous tuer tous les deux, je le vois déjà venir. »

«هر دوی شما را خواهد کشت، از همین الان می‌توانم ببینم که دارد می‌آید».

«Nous ne pouvons pas tous continuer à travailler aussi dur que nous le faisons.»

«ما نمی‌توانیم به همین سختی که الان هستیم به کار کردن ادامه دهیم».

« Et chaque jour, nous devons rentrer chez nous et subir ce supplice. »

و هر روز مجبوریم با این شکنجه به خانه برگردیم».

« Nous n'en pouvons plus. Je n'en peux plus. »

«ما دیگر نمی‌توانیم تحمل کنیم. من نمی‌توانم تحمل کنم».

Elle s'est effondrée dans les bras de sa mère, en larmes une dernière fois.

او با آخرین قطره اشکش به مادرش افتاد.

Les larmes coulèrent sur son visage et sur celui de sa mère.

اشک از صورتش سرازیر شد و روی صورت مادرش افتاد.

Et elle essuya ses larmes d'un geste machinal.

و با حرکتی مکانیکی اشک‌هایش را پاک کرد.

« Mon enfant », dit le père d'une voix compatissante.

پدر با لحنی مهربان گفت: «فرزندم»!

Il y avait une profonde sympathie et une grande
compréhension dans sa voix.

در صدایش همدردی و درک عمیقی موج می‌زد.

« Mais que devons-nous faire ? » avoua-t-il ne pas savoir.

«اما ما باید چه کار کنیم؟» او اعتراف کرد که نمی‌داند.

La sœur haussa simplement les épaules, impuissante.

خواهر فقط شانه‌هایش را از روی درماندگی بالا انداخت.

Et sa confiance d'antan fit de nouveau place aux larmes.

و اعتماد به نفس قبلی‌اش دوباره جای خود را به اشک داد.

« Si seulement il nous comprenait », dit le père à voix haute.

پدر با صدای بلند گفت: «کاش ما را درک می‌کرد».

Et il se demandait à moitié si Gregor avait compris.

و او تقریباً شک داشت که آیا گرگور فهمیده است یا نه.

La sœur lui a secoué la main violemment en pleurant.

خواهر در حالی که گریه می‌کرد، فقط دستش را به شدت تکان داد.

Elle a donc indiqué qu'il ne fallait pas envisager cette idée.

و بنابراین او اعلام کرد که نباید به این ایده فکر کرد.

« Mais si seulement il nous comprenait », répéta le père.

پدر تکرار کرد: «اما کاش ما را درک می‌کرد».

Les yeux fermés, il réfléchit à la réponse de sa sœur.

با بستن چشمانش، پاسخ خواهر را در نظر گرفت.

« S'il comprenait qu'un accord pouvait être conclu avec lui. »

«اگر او بفهمد، می‌توان با او به توافق رسید».

« Mais vu la situation actuelle… »

«اما با توجه به اینکه اوضاع به همین منوال است»...

«Il faut l'enlever,» s'écria la sœur, «c'est la seule solution.»

خواهر فریاد زد: «باید برود، این تنها راه است».

«Il faut vous débarrasser de l'idée que c'est Gregor.»

»باید از این فکر که گرگور است، خلاص شوی».

« Notre véritable malheur, c'est d'y avoir cru si longtemps. »

»اینکه ما این همه مدت به آن اعتقاد داشتیم، بدبختی واقعی ماست».

« Mais comment est-ce possible que ce soit Gregor ? »
demanda-t-elle à son père.

از پدرش پرسید: «اما چطور ممکن است گرگور باشد؟»

« Il savait qu'un tel animal ne pouvait pas coexister avec les
humains. »

او می‌دانست که چنین حیوانی نمی‌تواند با انسان‌ها همزیستی داشته باشد.

« Gregor nous aurait quittés depuis longtemps,
volontairement. »

گرگور خیلی وقت پیش، داوطلبانه ما را ترک می‌کرد.

« C'est vrai, nous n'aurions alors plus de frère. »

»درسته، اونوقت دیگه برادری نداشتیم».

« Mais nous pourrions continuer à vivre et à honorer sa
mémoire. »

اما ما می‌توانیم به زندگی ادامه دهیم و یاد او را گرامی بداریم».

« Mais cette bête nous poursuit et chasse nos locataires. »

»اما این حیوان وحشی ما را تعقیب می‌کند و مستاجران ما را فراری می‌دهد».

« De toute évidence, il veut s'emparer de tout l'appartement.
»

»معلوم است که می‌خواهد کل آپارتمان را تصاحب کند».

« Cette bête veut nous faire dormir dans la rue. »

این جانور می‌خواهد ما را در خیابان بخواباند».

« Regarde, papa, » s'écria-t-elle soudain, « il bouge à
nouveau ! »

ناگهان فریاد زد: «ببین پدر، دوباره دارد حرکت می‌کند»!

Et elle fit quelque chose que même Gregor ne put comprendre.

و او کاری کرد که حتی گرگور هم نمی‌توانست بفهمد.

Elle se repoussa, comme pour sacrifier sa mère.

خودش را کنار کشید، انگار که داشت مادر را قربانی می‌کرد.

Et elle a couru derrière son père pour trouver une sorte de sécurité.

و او برای یافتن جایی امن، پشت سر پدرش دوید.

Le père n'était agité que parce que sa fille l'était.

پدر فقط به خاطر دخترش مضطرب بود.

Mais lui aussi se leva et leva les bras au-dessus d'elle.

اما سپس او نیز بلند شد و دستانش را بالای سر او بلند کرد.

Mais Gregor n'avait aucune intention d'effrayer qui que ce soit.

اما گرگور قصد نداشت کسی را بترساند.

Il n'avait surtout aucune intention d'effrayer sa sœur.

او به خصوص هیچ فکری برای ترساندن خواهرش نداشت.

Il essayait simplement de faire demi-tour pour retourner dans sa chambre.

او فقط سعی می‌کرد به سمت اتاقش برگردد.

Mais, compte tenu de l'aggravation de son état, même cela devenait difficile.

اما در شرایط رو به وخامت او، حتی این کار هم دشوار بود.

Et il ne pouvait plus se servir pleinement de ses jambes.

و او دیگر نمی‌توانست از تمام پاهایش به طور کامل استفاده کند.

Il utilisa donc sa tête pour soulever son corps et se retourner.

بنابراین او از سرش برای بلند کردن بدنش و چرخاندن خودش استفاده کرد.

Il marqua une pause et chercha l'approbation de sa famille du regard.

مکثی کرد و به اطراف نگاه کرد تا رضایت خانواده را جلب کند.

Il semble que sa bonne intention ait été reconnue.

به نظر می‌رسید نیت خیر او تشخیص داده شده است.

Son mouvement ne leur avait procuré qu'un choc momentané.

حرکت او فقط یک شوک لحظه‌ای برای آنها بود.

À présent, ils le regardaient tous en silence, visiblement malheureux.

حالا همه آنها در سکوتی غم انگیز به او نگاه می کردند.

La mère était toujours allongée dans le fauteuil, épuisée.

مادر هنوز خسته و کوفته روی صندلی راحتی دراز کشیده بود.

Le père et la sœur étaient assis l'un à côté de l'autre.

پدر و خواهر کنار هم نشسته بودند.

« Peut-être qu'ils me laisseront faire demi-tour maintenant », pensa Gregor.

گرگور فکر کرد: «شاید حالا بگذارند برگردم».

Et il continua à effectuer son mouvement de rotation maladroit.

و او به حرکت عجیب و غریب چرخش خود ادامه داد.

Il ne pouvait réprimer les halètements occasionnels dus à l'effort.

نمی‌توانست نفس نفس زدن‌های گاه و بیگاه ناشی از تقلا را سرکوب کند.

Et il a été contraint de se reposer à plusieurs reprises entre-temps.

و او مجبور شد بین این دو، چند باری استراحت کند.

Plus personne ne le pressait ; c'était à lui de décider.

حالا دیگر کسی او را مجبور به عجله نمی‌کرد؛ همه چیز به خودش بستگی داشت.

Finalement, il acheva ce virage lent et douloureux.

سرانجام او چرخش آهسته و دردناک را به پایان رساند.

Il se dirigea aussitôt vers sa chambre.

او بلافاصله شروع به قدم زدن مستقیم به سمت اتاقش کرد.

Il était stupéfait de la distance qui le séparait de sa chambre.

از اینکه چقدر از اتاقش دور شده بود، شگفت‌زده شده بود.

Comment, malgré sa faiblesse, avait-il réussi à y parvenir auparavant ?

چطور، با وجود ضعفش، قبلاً به آنجا رسیده بود؟

Il avait emprunté presque le même chemin sans s'en apercevoir.

او تقریباً همان مسیر را بدون توجه طی کرده بود.

Il se concentrait simplement sur le fait de ramper aussi vite qu'il le pouvait.

او فقط روی خزیدن با تمام سرعتی که می‌توانست تمرکز کرد.

L'absence de commentaires ne le dérangeait pas.

عدم اظهار نظر از سوی هیچ‌کس او را نگران نمی‌کرد.

Ce n'est que lorsqu'il fut déjà à l'intérieur qu'il tourna la tête.

فقط وقتی که از قبل به در رسیده بود، سرش را برگرداند.

Mais il n'a pas pu se retourner complètement.

اما او قادر نبود برگردد و کاملاً به عقب نگاه کند.

Car il sentit sa nuque se raidir encore davantage en se tournant.

چون وقتی برگشت، احساس کرد گردنش بیشتر سفت شده است.

Mais il constata que rien n'avait changé derrière lui.

اما او دید که به هر حال هیچ چیز پشت سرش تغییر نکرده است.

La seule différence, c'est que sa sœur s'était levée.

تنها تفاوت این بود که خواهرش بلند شده بود.

Son dernier regard lui montra que sa mère s'était endormie.

آخرین نگاهش نشان می‌داد که مادرش به خواب رفته است.

Dès qu'il fut entré dans sa chambre, la porte fut fermée.

به محض اینکه داخل اتاقش شد، در بسته شد.

Et dès que la porte fut fermée, le verrouilla.

و به محض اینکه در بسته شد، درِ ضخیم قفل شد.

Gregor fut effrayé par le bruit inattendu derrière lui.

گرگور از صدای غیرمنتظره‌ی پشت سرش ترسید.

Et ses jambes fléchirent sous lui, surprises par la soudaineté.

و از شدت تعجب ناگهانی، پاهایش زیر بدنش خم شدند.

C'est sa sœur qui s'était précipitée vers la porte derrière lui.

خواهر بود که پشت سر او به سمت در دویده بود.

Elle s'était déjà dressée, et l'attendait.

او از قبل آنجا ایستاده بود و منتظر او بود.

Elle fit alors un petit saut en avant sans que Gregor ne l'entende.

سپس به آرامی و بدون اینکه گرگور چیزی بشنود، به جلو پرید.

« Enfin ! » s'écria-t-elle en tournant la clé.

در حالی که کلید را می‌چرخاند، با صدای بلند فریاد زد: «بالاخره»!

« Et maintenant ? » se demanda Gregor, seul dans l'obscurité.

گرگور، تنها در تاریکی، از خودش پرسید: «حالا چی؟»

Il s'aperçut bientôt qu'il ne pouvait plus bouger du tout.

خیلی زود متوجه شد که دیگر نمی‌تواند تکان بخورد.

Mais son immobilité ne le surprenait pas vraiment.

اما او واقعاً از بی‌حرکتی‌اش تعجب نکرده بود.

Pouvoir se déplacer sur des jambes aussi fines semblait ridicule.

توانایی حرکت با پاهایی به این لاغری، مسخره به نظر می‌رسید.

Il ne savait pas comment il avait pu y parvenir.

او نمی‌دانست چطور تا به حال توانسته بود این کار را انجام دهد.

Mais à part ça, il se sentait relativement à l'aise.

اما گذشته از این، او احساس نسبتاً راحتی می‌کرد.

Il est vrai qu'il ressentait une douleur intense dans tout le corps.

درست است که او درد عمیقی را در سراسر بدنش احساس می‌کرد.

Mais la douleur semblait s'atténuer de plus en plus.

اما انگار دردش کم و کمتر می‌شد.

Et il avait l'impression que la douleur finirait par disparaître.

و او احساس می‌کرد که درد بالاخره از بین خواهد رفت.

Il sentait à peine la pomme pourrie dans son dos.

دیگر به سختی سیب گندیده را در پشتش حس می‌کرد.

Il repensa à sa famille avec émotion et amour.

او با احساسی سرشار از عشق و علاقه به خانواده‌اش فکر کرد.

Il ressentait les émotions de sa sœur encore plus intensément qu'elle.

او احساسات خواهرش را حتی بیشتر از او درک می‌کرد.

Elle avait raison ; il devait partir.

حق با او بود، او باید می‌رفت.

Il passa quelque temps dans cet état désert et paisible.

او مدتی را در این حالت خالی و آرام گذراند.

L'horloge sonna trois fois, doucement mais fermement.

ساعت سه بار، آرام، اما محکم، نواخت.

Gregor fut doucement tiré de ses pensées.

گرگور به آرامی از افکارش بیرون کشیده شد.

Il regarda la lumière du matin pénétrer lentement dans sa chambre.

او نظاره گر نور صبحگاهی بود که به آرامی وارد اتاقش می شد.

Puis sa tête s'affaissa complètement, malgré lui.

سپس سرش را کاملاً، بدون اراده‌اش، به پایین انداخت.

Et son dernier souffle s'échappa faiblement de ses narines.

و آخرین نفسش به سختی از سوراخ‌های بینی‌اش جاری شد.

La femme de chambre est entrée dans sa chambre tôt le matin.

خدمتکار صبح زود به اتاقش آمد.

Elle n'a rien trouvé d'inhabituel lors de sa courte visite habituelle.

او در طول بازدید کوتاه معمول خود هیچ چیز غیرعادی پیدا نکرد.

À bout de forces et dans la précipitation, elle claqua toutes les portes.

از روی قدرت و عجله، تمام درها را محکم به هم کوبید.

Il était impossible de dormir paisiblement dans tout l'appartement.

در کل آپارتمان خواب راحت ممکن نبود.

On lui avait demandé d'éviter de faire cela le matin.

از او خواسته شده بود که از انجام این کار در صبح خودداری کند.

Elle pensait qu'il restait allongé là, immobile, exprès.

او فکر می‌کرد که او عمداً آنجا بی‌حرکت دراز کشیده است.

Peut-être voulait-il lui montrer qu'il était offensé.

شاید می‌خواست به او نشان دهد که از این بابت ناراحت است.

Elle lui faisait confiance et pensait qu'il était doté d'une intelligence hors du commun.

او به او اعتماد داشت که انواع هوش و ذکاوت را دارد.

Il se trouve qu'elle tenait le long balai à la main.

اتفاقاً جاروی بلندی را در دست داشت.

Alors, depuis la porte, elle essaya de chatouiller un peu Gregor.

بنابراین، از همان دم در، سعی کرد کمی گرگور را قلقلک بدهد.

Elle était un peu agacée qu'il ne réponde pas du tout.

او کمی ناراحت شد که او اصلاً جواب نداد.

Alors cette fois, elle le poussa un peu plus fermement.

بنابراین این بار او را کمی محکم‌تر هل داد.

Comme il n'opposait aucune résistance, elle l'examina de plus près.

وقتی هیچ مقاومتی از خود نشان نداد، زن نگاه دقیق‌تری به او انداخت.

Elle comprit rapidement ce qui était réellement arrivé à Gregor.

او خیلی زود فهمید که واقعاً چه اتفاقی برای گرگور افتاده است.

Elle ouvrit davantage les yeux et siffla pour elle-même.

چشمانش را بیشتر باز کرد و برای خودش سوت زد.

Mais elle n'a pas tardé à ouvrir la porte.

اما او قبل از باز کردن در، وقت زیادی را تلف نکرد.

Et elle cria d'une voix forte dans l'obscurité :

و با صدای بلند در تاریکی فریاد زد:

«Viens voir, il est là, complètement mort.»

»بیا و نگاهی بینداز، آنجا افتاده، کاملاً مرده«.

Les deux parents étaient assis bien droits dans leur lit conjugal.

دو پدر و مادر در تخت خواب زناشویی خود صاف نشستند.

Il leur fallait d'abord surmonter le choc du bruit.

اول باید بر شوک ناشی از سر و صدا غلبه می‌کردند.

Mais peu à peu, ils ont commencé à comprendre son message.

اما سپس آنها به آرامی شروع به درک پیام او کردند.

Monsieur et Madame Samsa ont chacun sauté de leur côté du lit.

آقا و خانم سمسا هر کدام از سمت خودشان از تخت بیرون پریدند.

M. Samsa jeta l'épaisse couverture sur ses épaules.

آقای سامسا پتوی ضخیم را روی شانه‌هایش انداخت.

Et Mme Samsa sortit vêtue uniquement de sa chemise de nuit.

و خانم سامسا فقط با لباس خوابش بیرون آمد.

C'est ainsi qu'ils entrèrent dans la chambre de Gregor.

و اینگونه بود که آنها وارد اتاق گرگور شدند.

Entre-temps, la porte du salon s'était également ouverte.

در همین حال، درِ اتاق نشیمن نیز باز شده بود.

Grete y dormait depuis l'emménagement des locataires.

گرت از وقتی مستاجرها به آنجا نقل مکان کرده بودند، آنجا خوابیده بود.

Elle était entièrement habillée comme si elle n'avait pas dormi du tout.

او کاملاً لباس پوشیده بود، انگار اصلاً نخوابیده بود.

Son visage pâle semblait également témoigner de son manque de sommeil.

چهره رنگ پریده‌اش هم انگار کم‌خوابی‌اش را ثابت می‌کرد.

« Il est mort ? » demanda Mme Samsa en regardant la bonne.

خانم سمسا در حالی که به خدمتکار نگاه می‌کرد پرسید: «مرده؟»

Elle aurait pu le confirmer en le regardant elle-même.

او می‌توانست با نگاه کردن به خودش این را تأیید کند.

« Je le crois », dit la bonne en ramassant le balai.

خدمتکار در حالی که جارو را برمی‌داشت گفت: «فکر کنم».

Et elle a poussé son corps sur une longue distance à travers le sol.

و بدنش را تا مسافت زیادی روی زمین هل داد.

Mme Samsa fit un mouvement comme si elle voulait l'arrêter.

خانم سمسا حرکتی کرد، انگار می‌خواست جلویش را بگیرد.

Mais finalement, elle a laissé la bonne faire glisser Gregor.

اما در نهایت گذاشت خدمتکار گرگور را سر جایش بنشاند.

« Eh bien, » dit M. Samsa, « enfin nous pouvons remercier Dieu. »

آقای سامسا گفت: «خب، بالاخره می‌توانیم خدا را شکر کنیم».

Il fit le signe de croix : tête, poitrine, épaules.

او علامت صلیب کشید؛ سر، سینه، شانه‌ها.

Et les trois femmes suivirent son exemple religieux.

و سه زن از الگوی مذهبی او پیروی کردند.

Grete, qui ne quittait pas le cadavre des yeux, dit :

گرت که چشم از جسد برنمی‌داشت، گفت؛

«Regardez comme il est maigre, il n'a pas mangé depuis si longtemps.»

«ببین چقدر لاغر شده بود، خیلی وقته چیزی نخورده».

« La nourriture que je lui laissais chaque matin restait toujours intacte. »

»غذایی که هر روز صبح برایش می‌گذاشتم، همیشه دست نخورده باقی می‌ماند«.

En fait, le corps de Gregor était complètement plat et sec.

در واقع، بدن گرگور کاملاً صاف و خشک بود.

C'était plus visible maintenant qu'il était au sol.

حالا که روی زمین بود، این بیشتر به چشم می‌آمد.

Parce que son corps n'était plus soutenu par ses jambes.

زیرا بدنش دیگر توسط پاهایش بالا برده نمی‌شد.

Et parce que rien d'autre ne venait distraire la vue.

و چون هیچ چیز دیگری حواسش را پرت نمی‌کرد.

«Viens avec nous un moment, Grete», dit Mme Samsa.

خانم سمسا گفت: »گرت، مدتی با ما بیا داخل«.

Un sourire douloureux se dessinait sur ses lèvres lorsqu'elle parlait.

موقع حرف زدن لبخند دردناکی روی لب‌هایش بود.

Grete les suivit, mais jeta aussi un coup d'œil en arrière au cadavre.

گرت آنها را دنبال کرد، اما به جسد نیز نگاه کرد.

La bonne ferma la porte et ouvrit grand la fenêtre.

خدمتکار در را بست و پنجره را تا انتها باز کرد.

Il était encore tôt, l'air était donc normalement froid.

هنوز زود بود، بنابراین هوا معمولاً سرد می‌بود.

Mais il y avait aussi un mélange de chaleur dans l'air froid.

اما در هوای سرد، ترکیبی از گرما نیز وجود داشت.

Comme un doux rappel que c'était désormais la fin du mois de mars.

مثل یک یادآوری ملایم که حالا آخر ماه مارس بود.

Les trois locataires sortirent alors eux aussi de leur chambre.

حالا سه مستاجر هم از اتاقشان بیرون آمدند.

Ils cherchèrent leur petit-déjeuner avec étonnement.

آنها با تعجب به اطراف نگاه کردند تا صبحانه شان را پیدا کنند.

Le petit-déjeuner a été oublié à cause de ce que la femme de chambre a trouvé.

به خاطر چیزی که خدمتکار پیدا کرد، صبحانه فراموش شد.

« Où est le petit-déjeuner ? » grommela l'homme du milieu.

مرد وسطی غرغر کرد: «صبحانه کجاست؟»

La bonne porta son doigt à sa bouche pour demander le silence.

خدمتکار انگشتش را جلوی دهانش گذاشت تا دستور سکوت بدهد.

Et elle salua les messieurs d'un geste rapide et silencieux.

و او با عجله و سکوت به آقایان دست تکان داد.

La servante fit entrer les trois messieurs dans la pièce.

خدمتکار سه آقا را به داخل اتاق راهنمایی کرد.

Et elle a continué à leur expliquer ce qui s'était passé.

و او همچنان برایشان توضیح می‌داد که چه اتفاقی افتاده است.

Et les trois messieurs se tinrent autour du corps de Gregor.

و آن سه آقا دور جسد گرگور ایستاده بودند.

Les mains dans les poches, ils baissèrent les yeux.

دست در جیب، سرشان را پایین انداخته بودند.

La lumière du matin inondait désormais complètement la pièce.

حالا نور صبحگاهی تمام اتاق را پوشانده بود.

La porte de la chambre s'ouvrit alors et M. Samsa apparut.

سپس در اتاق خواب باز شد و آقای سامسا ظاهر شد.

D'un côté se trouvait sa femme, et de l'autre sa fille.

در یک طرف همسرش و در طرف دیگر دخترش بود.

M. Samsa portait déjà son uniforme.

آقای سامسا حالا دیگر یونیفرمش را پوشیده بود.

On pouvait voir qu'ils avaient tous un peu pleuré.

می‌شد دید که همه‌شان کمی گریه کرده‌اند.

Grete pressa son visage contre le bras de son père.

گرت صورتش را به بازوی پدرش فشرد.

« Quittez mon appartement immédiatement ! » ordonna M. Samsa.

آقای سامسا دستور داد: «فوراً آپارتمان من را ترک کنید»!

Et il désigna la porte sans laisser partir les femmes.

و بدون اینکه زنان راه بدهد، به در اشاره کرد.

« Que voulez-vous dire ? » demanda l'intermédiaire, déconcerté.

مرد واسطه با دستپاچگی پرسید: «منظورت چیست؟»

Et il fit de son mieux pour sourire gentiment à M. Samsa.

و تمام تلاشش را کرد تا لبخند شیرینی به آقای سامسا بزند.

Les deux autres tenaient leurs mains derrière leur dos.

دو نفر دیگر دست‌هایشان را پشت سرشان گرفته بودند.

Et ils se frottèrent les mains d'impatience.

و با اشتیاق دست‌هایشان را به هم مالیدند.

Ils semblaient s'attendre à une violente dispute.

انگار انتظار داشتند دعوای شدیدی در بگیرد.

Mais ils semblaient se réjouir de la dispute à venir.

اما به نظر می‌رسید که از بحث پیش رو خوشحال هستند.

Ils pensaient que le litige tournerait à leur avantage.

آنها فکر می‌کردند که این اختلاف به نفع آنها خواهد بود.

« Je maintiens exactement ce que je viens de dire », a répondu M. Samsa.

آقای سامسا پاسخ داد: «دقیقاً منظورم همان چیزی است که الان گفتم».

Il marchait en ligne droite avec ses deux compagnons.

او به همراه دو همراهش در یک خط مستقیم راه می‌رفت.

Et M. Samsa s'est adressé directement à leur responsable.

و آقای سامسا مستقیماً به آقای سرپرست آنها مراجعه کرد.

Le monsieur resta d'abord immobile, le regard fixé au sol.

آقا اول بی‌حرکت ایستاد و به زمین نگاه کرد.

Le contenu de sa tête était encore en train de se réorganiser.

محتویات سرش هنوز داشت خودش را مرتب می‌کرد.

« Très bien, nous y allons », dit-il en levant les yeux vers M. Samsa.

گفت: «بسیار خب، ما می‌رویم.» و به آقای سامسا نگاه کرد.

Une nouvelle humilité semblait l'avoir soudainement envahi.

به نظر می‌رسید که فروتنی جدیدی ناگهان بر او غلبه کرده است.

Et il semblait demander la permission pour cette décision.

و به نظر می‌رسید که برای این تصمیم اجازه می‌خواهد.

M. Samsa ouvrit grand les yeux et hocha légèrement la tête.

آقای سامسا چشمانش را کاملاً باز کرد و کمی سرش را تکان داد.

Les messieurs obéirent immédiatement à son ordre.

آقایان بلافاصله به فرمان او عمل کردند.

Et ils ont effectivement fait de longues enjambées dans le couloir.

و آنها واقعاً با گام‌های بلند وارد راهرو شدند.

Ses amis avaient déjà cessé de se frotter les mains.

دوستانش دیگر دست از مالیدن دست‌هایشان برداشته بودند.

Ils avaient écouté le déroulement de la conversation.

آنها داشتند به روند مکالمه گوش می‌دادند.

Et maintenant, ils couraient après lui, comme pris de peur.

و حالا آنها انگار از ترس، دنبالش می‌دویدند.

M. Samsa pourrait encore les isoler de leur chef.

آقای سامسا هنوز هم ممکن است آنها را از رهبرشان جدا کند.

Ils ont sorti leurs bâtons du récipient.

چوب‌هایشان را از ظرف چوب‌ها بیرون کشیدند.

Et ils s'inclinèrent en silence avant de quitter l'appartement.

و قبل از اینکه آپارتمان را ترک کنند، در سکوت تعظیم کردند.

M. Samsa et les deux femmes sortirent sur le parvis.

آقای سامسا و دو زن از حیاط جلویی بیرون آمدند.

Mais en réalité, ils n'avaient aucune raison de se méfier de ces hommes.

اما در واقع آنها هیچ دلیلی برای بی‌اعتمادی به مردان نداشتند.

Ils s'appuyèrent sur la rambarde pour vérifier s'ils étaient partis.

آنها به نرده تکیه دادند تا ببینند آیا رفته‌اند یا نه.

Les trois messieurs descendaient effectivement les escaliers.

آن سه آقا واقعاً داشتند از پله‌ها پایین می‌آمدند.

Ils disparurent dans un virage de l'escalier.

در پیچ خاصی از راه پله، آنها ناپدید شدند.

Puis l'escalier les ramena à la vue.

و سپس راه پله آنها را دوباره در معرض دید قرار داد.

Ce phénomène d'apparition et de disparition se répétait à chaque étage.

این پدیدار و ناپدید شدن در هر طبقه تکرار می‌شد.

Mais finalement, ils étaient presque arrivés au fond.

اما در نهایت آنها تقریباً به ته خط رسیده بودند.

Plus ils avançaient, moins ils étaient intéressants.

هر چه جلوتر می‌رفتند، بیشتر بی‌اهمیت به نظر می‌رسیدند.

Tout le monde est rentré à la maison, comme soulagé.

همه به خانه برگشتند، انگار که خیالشان راحت شده باشد.

Ils décidèrent de profiter de la journée pour se reposer et aller se promener.

آنها تصمیم گرفتند از این روز برای استراحت و پیاده‌روی استفاده کنند.

Ils estimaient avoir mérité cette pause dans leur travail.

آنها احساس می‌کردند که لیاقت این استراحت از کارشان را داشته‌اند.

Non seulement ils méritaient cette pause, mais ils en avaient besoin.

آنها نه تنها لیاقت این استراحت را داشتند، بلکه به آن نیاز داشتند.

Ils s'assirent à table pour écrire des lettres d'excuses.

آنها پشت میز نشستند تا نامه‌های عذرخواهی بنویسند.

M. Samsa a adressé une lettre d'excuses à sa direction.

آقای سامسا نامه عذرخواهی خود را به مدیریتش نوشت.

Mme Samsa a écrit sa lettre d'excuses à ses clients.

خانم سامسا نامه عذرخواهی خود را برای موکلانش نوشت.

Et Grete a écrit sa lettre d'excuses à son directeur.

و گرت نامه عذرخواهی خود را به مدیر مدرسه‌اش نوشت.

Pendant qu'ils écrivaient tous, la bonne entra dans la pièce.

در حالی که همه مشغول نوشتن بودند، خدمتکار به اتاق آمد.

Son travail du matin était terminé, elle rentrait donc chez elle.

کار صبحش تمام شده بود، بنابراین داشت به خانه می‌رفت.

Les trois écrivains hochèrent d'abord la tête, sans lever les yeux.

سه نویسنده ابتدا بدون اینکه سرشان را بالا بیاورند، سرشان را تکان دادند.

Mais la bonne ne semblait pas encore vouloir partir.

اما به نظر نمی‌رسید که خدمتکار هنوز کاملاً قصد رفتن داشته باشد.

Elle attendit un peu, jusqu'à ce que les trois écrivains lèvent les yeux.

کمی منتظر ماند، تا اینکه سه نویسنده سرشان را بالا آوردند.

« Eh bien ? » demanda M. Samsa, en colère, comme l'étaient les autres.

آقای سامسا، مثل بقیه، عصبانی پرسید: «خب؟»

La bonne se tenait sur le seuil, un sourire aux lèvres.

خدمتکار با لبخندی بر لب، در چارچوب در ایستاده بود.

Elle donnait l'impression d'avoir de bonnes nouvelles à annoncer.

او این حس را القا می‌کرد که خبرهای خوبی برای گزارش دادن دارد.

Mais elle n'allait pas partager la nouvelle à moins qu'on ne le lui demande.

اما او قصد نداشت این خبر را به اشتراک بگذارد، مگر اینکه از او خواسته شود.

La plume d'autruche dressée sur son chapeau oscillait légèrement.

پر شترمرغِ عمودیِ روی کلاهش کمی تکان خورد.

Cette plume d'autruche avait toujours agacé M. Samsa.

آن پر شترمرغ همیشه آقای سامسا را آزار می‌داد.

« Alors, que voulez-vous ? » demanda Mme Samsa, d'un ton ferme.

خانم سمسا با قاطعیت پرسید: «خب، پس چی می‌خوای؟»

La bonne avait encore beaucoup de respect pour Mme Samsa.

خدمتکار هنوز هم برای خانم سمسا احترام زیادی قائل بود.

« Oui », répondit-elle, et elle éclata d'un rire amical.

«بله» جواب داد و خنده‌ی دوستانه‌ای سر داد.

Un instant, son rire l'empêcha de parler.

برای لحظه‌ای خنده‌اش مانع از ادامه‌ی حرفش شد.

« Tu n'as pas à t'inquiéter pour ce qui se passe chez le voisin. »

«لازم نیست نگران اون چیز بغلی باشی».

« J'ai déjà prévu comment nous allons nous en débarrasser. »

«من از قبل ترتیب داده‌ام که چطور از شرش خلاص شویم».

Mme Samsa et Grete continuèrent à écrire leurs lettres.

خانم سامسا و گرت به نوشتن نامه‌هایشان ادامه دادند.

Mais M. Samsa remarqua que la bonne n'avait pas encore terminé.

اما آقای سامسا متوجه شد که حرف‌های خدمتکار هنوز تمام نشده است.

Elle voulait maintenant tout décrire plus en détail.

حالا او می‌خواست همه چیز را با جزئیات بیشتری توصیف کند.

Mais il tendit la main pour repousser ses avances.

اما او دستش را دراز کرد تا تلاش‌های او را رد کند.

Elle s'est rendu compte qu'ils n'étaient pas intéressés par ses projets.

او متوجه شد که آنها به نقشه‌هایش علاقه‌ای ندارند.

Et puis elle se souvint de la grande précipitation dans laquelle elle avait été.

و بعد یادش آمد که چه عجله‌ی زیادی داشته است.

« Ciao alors », dit-elle, insultée par ce manque d'intérêt.

او که از بی‌علاقگی توهین شده بود، گفت: «پس خداحافظ».

Mais avant de partir, elle a claqué la porte très fort.

اما قبل از اینکه برود، در را محکم به هم کوبید.

« Elle sera licenciée ce soir », a déclaré M. Samsa.

آقای سامسا گفت: «او عصر اخراج خواهد شد».

Mais sa femme et sa fille étaient trop occupées pour lui répondre.

اما همسر و دخترش آنقدر مشغول بودند که نتوانستند به او پاسخ دهند.

Parce que la bonne avait troublé leur paix nouvellement acquise.

زیرا آن خدمتکار آرامش تازه به دست آمده آنها را به هم زده بود.

La mère et la fille se levèrent pour aller à la fenêtre.

مادر و دختر بلند شدند تا به سمت پنجره بروند.

Et, enlacés, ils restèrent là.

و در حالی که دست در دست هم داشتند، همانجا ماندند.

M. Samsa se tourna sur sa chaise pour les regarder.

آقای سمسا روی صندلی‌اش چرخید تا به آنها نگاه کند.

Et pendant un moment, il les observa en silence, immobiles là.

و مدتی آرام آنها را که آنجا ایستاده بودند تماشا کرد.

Finalement, il leur cria : « Viendrez-vous à moi ? »

سرانجام او آنها را صدا زد: «آیا پیش من می‌آیید؟»

«Oublions tout ça, d'accord ?»

»بیایید همه آن چیزهای قدیمی را فراموش کنیم، باشه؟«

«Viens à moi et accorde-moi un peu d'attention.»

»بیا پیش من و کمی از توجهت را به من بده«.

Les deux femmes firent ce qu'il leur avait dit et se précipitèrent vers lui.

آن دو زن همانطور که او گفته بود عمل کردند و به سمتش دویدند.

Ils lui ont fait une accolade affectueuse et l'ont embrassé.

آنها او را با محبت در آغوش گرفتند و بوسیدند.

Ils retournèrent rapidement pour terminer la rédaction de leurs lettres.

آنها به سرعت برگشتند تا نوشتن نامه‌هایشان را تمام کنند.

Puis, tous les trois, ils quittèrent l'appartement ensemble.

سپس هر سه با هم از آپارتمان خارج شدند.

Ils n'étaient pas sortis ensemble depuis des mois.

ماه‌ها بود که با هم از خانه بیرون نرفته بودند.

Et ils prirent le tramway jusqu'à la périphérie de la ville.

و آنها با تراموا به حومه شهر رفتند.

Ils avaient toute la rame du tramway pour eux seuls.

آنها تمام واگن تراموا را در اختیار داشتند.

La lumière du soleil inondait la pièce par la fenêtre.

نور خورشید از پنجره به داخل اتاق می‌تابید.

La famille se cala confortablement dans ses sièges.

خانواده با خیال راحت به صندلی‌هایشان تکیه دادند.

Et ils ont discuté de leurs perspectives d'avenir.

و آنها در مورد چشم انداز آینده خود بحث کردند.

À y regarder de plus près, leurs perspectives n'étaient pas mauvaises.

با بررسی دقیق‌تر، چشم‌انداز آنها بد نبود.

Tous les trois occupaient des emplois qui leur permettraient de gagner davantage.

هر سه نفر شغل‌هایی داشتند که پتانسیل درآمد بیشتری را داشتند.

Ils ne s'étaient jamais interrogés l'un sur l'autre concernant leur travail.

آنها هرگز از یکدیگر در مورد کارشان نپرسیده بودند.

Mais maintenant, ils avaient enfin le temps de discuter de ces choses-là.

اما حالا بالاخره وقت داشتند که در مورد چنین چیزهایی صحبت کنند.

Ils avaient également la possibilité de déménager dans un appartement plus petit.

آنها همچنین این امکان را داشتند که به یک آپارتمان کوچکتر نقل مکان کنند.

Cela aurait le plus grand impact sur leur vie.

این بزرگترین تأثیر را در زندگی آنها خواهد داشت.

Leur appartement actuel avait été choisi par Gregor.

آپارتمان فعلی آنها توسط گرگور انتخاب شده بود.

Mais maintenant, ils pourraient déménager dans un endroit plus abordable.

اما حالا می‌توانند به جایی با قیمت مناسب‌تر نقل مکان کنند.

Un appartement plus petit, mais dans un endroit plus pratique.

یک آپارتمان کوچک‌تر، اما جایی کاربردی‌تر.

Parler de l'avenir a redonné vie à Grete.

صحبت کردن در مورد آینده، گرت را دوباره سرزنده‌تر کرد.

Monsieur et Madame Samsa ont également remarqué d'autres changements chez elle.

آقا و خانم سمسا متوجه تغییرات دیگری هم در او شدند.

Ses joues étaient devenues pâles à cause de tous ses soucis.

گونه‌هایش از شدت نگرانی رنگ پریده بود.

Mais à présent, leur fille s'épanouissait et devenait une femme remarquable.

اما حالا دخترشان داشت به یک خانم زیبا تبدیل می‌شد.

C'était vraiment une belle et jolie jeune femme, maintenant.

او حالا واقعاً یک زن جوان خوش‌هیکل و زیبا بود.

Ses parents se turent et admirèrent leur fille.

والدینش ساکت شدند و دخترشان را تحسین کردند.

Ils échangèrent un regard, communiquant inconsciemment.

آنها ناخودآگاه به یکدیگر نگاه کردند و با هم ارتباط برقرار کردند.

« Il sera bientôt temps de lui trouver un homme bien. »

»به زودی وقتش می‌رسد که برایش یک مرد خوب پیدا کنیم«.

Le tramway était arrivé à destination et avait ralenti.

تراموا به مقصد رسیده بود و سرعتش را کم کرد.

Leur fille semblait confirmer leurs nouveaux rêves.

به نظر می‌رسید دخترشان رویاهای جدیدشان را تأیید می‌کند.

Elle fut la première à se lever et à étirer son jeune corps.

او اولین کسی بود که ایستاد و بدن جوانش را کش و قوس داد.